UN NOËL DE MAIGRET

Georges Simenon (1903-1989) est le quatrième auteur francophone le plus traduit dans le monde. Né à Liège, il débute très jeune dans le journalisme et, sous divers pseudonymes, fait ses armes en publiant un nombre incroyable de romans « populaires ». Dès 1931, il crée sous son nom le personnage du commissaire Maigret, devenu mondialement connu, et toujours au premier rang de la mythologie du roman policier. Simenon rencontre immédiatement le succès, et le cinéma s'intéresse dès le début à son œuvre. Ses romans ont été adaptés à travers le monde en plus de 70 films, pour le cinéma, et plus de 350 films de télévision. Il écrivit sous son propre nom 192 romans, dont 75 Maigret et 117 romans qu'il appelait ses « romans durs », 158 nouvelles, plusieurs œuvres autobiographiques et de nombreux articles et reportages. Insatiable voyageur, il fut élu membre de l'Académie royale de Belgique.

Paru dans Le Livre de Poche :

L'Affaire Saint-Fiacre
L'Ami d'enfance de Maigret
L'Amie de Madame Maigret
Au Rendez-Vous
  des Terre-Neuvas
Le Charretier
  de La Providence
Chez les Flamands
Le Chien jaune
La Colère de Maigret
La Danseuse du Gai-Moulin
L'Écluse n°1
La Folle de Maigret
Le Fou de Bergerac
La Guinguette à deux sous
Liberty Bar
Maigret
Maigret à l'école
Maigret à New York
Maigret a peur
Maigret à Vichy
Maigret au Picratt's
Maigret aux assises
Maigret chez le coroner
Maigret chez le ministre
Maigret en meublé
Maigret et l'affaire Nahour
Maigret et l'homme du banc
Maigret et l'homme tout seul
Maigret et l'indicateur
Maigret et la Grande Perche
Maigret et la jeune morte
Maigret et la vieille dame
Maigret et le client du samedi
Maigret et le clochard
Maigret et le corps sans tête
Maigret et le fantôme
Maigret et le marchand de vin

Maigret et le tueur
Maigret et le voleur paresseux
Maigret et les braves gens
Maigret et les petits cochons
  sans queue
Maigret et les témoins
  récalcitrants
Maigret et les vieillards
Maigret et Monsieur Charles
Maigret et son mort
Maigret hésite
Maigret, Lognon
  et les gangsters
Maigret s'amuse
Maigret se défend
Maigret se fâche
Maigret se trompe
Maigret tend un piège
Maigret voyage
Les Mémoires de Maigret
Mon ami Maigret
Monsieur Gallet, décédé
La Nuit du carrefour
L'Ombre chinoise
La Patience de Maigret
Le Pendu de Saint-Pholien
Pietr le Letton
La Pipe de Maigret
Le Port des brumes
La Première Enquête de Maigret
Le Revolver de Maigret
Les Scrupules de Maigret
La Tête d'un homme
Un crime en Hollande
Un échec de Maigret
Une confidence de Maigret
Les Vacances de Maigret
Le Voleur de Maigret

GEORGES SIMENON

Un Noël de Maigret

PRESSES DE LA CITÉ

Nouvelle parue dans le recueil qui porte son titre.

1

C'était chaque fois la même chose. Il avait dû soupirer en se couchant :

— Demain, je fais la grasse matinée.

Et Mme Maigret l'avait pris au mot, comme si les années ne lui avaient rien enseigné, comme si elle ne savait pas qu'il ne fallait attacher aucune importance aux phrases qu'il lançait de la sorte. Elle aurait pu dormir tard, elle aussi. Elle n'avait aucune raison pour se lever de bonne heure.

Pourtant, il ne faisait pas encore tout à fait jour quand il l'avait entendue bouger avec précaution dans les draps. Il n'avait pas bronché. Il s'était astreint à respirer régulièrement, profondément, comme un homme endormi. Cela ressemblait à un jeu. C'était touchant de la sentir avancer vers le bord du lit avec des précautions d'animal, s'immobilisant après chaque mouvement pour s'assurer qu'il ne s'était pas réveillé. Il y avait un moment qu'il attendait toujours, comme en suspens, celui où les ressorts du lit, débarrassés du poids de sa femme, se détendaient avec un léger bruit qui ressemblait à un soupir.

Elle ramassait alors ses vêtements sur la chaise, mettait un temps infini à tourner le bouton de la porte de la salle de bains, puis enfin, dans le lointain de la cuisine, se permettait des mouvements normaux.

Il s'était rendormi. Pas profondément. Pas longtemps. Le temps, cependant, de faire un rêve confus et émouvant. Il ne parvint pas ensuite à s'en souvenir, mais il savait que c'était émouvant et il en restait comme plus sensible.

On voyait un filet de jour pâle et cru entre les rideaux qui ne fermaient jamais hermétiquement. Il attendit encore un peu, couché sur le dos, les yeux ouverts. L'odeur du café lui parvint et, quand il entendit la porte de l'appartement s'ouvrir et se refermer, il sut que Mme Maigret était descendue en hâte pour aller lui acheter des croissants chauds.

Il ne mangeait jamais le matin, se contentait de café noir. Mais c'était encore un rite, une idée de sa femme. Les dimanches et jours de fête, il était censé rester au lit jusque tard dans la matinée, et elle allait lui chercher des croissants au coin de la rue Amelot.

Il se leva, mit ses pantoufles, enfila sa robe de chambre et ouvrit les rideaux. Il savait qu'il avait tort, qu'elle serait navrée. Il aurait été capable d'un grand sacrifice pour lui faire plaisir, mais pas de rester au lit alors qu'il n'en avait plus envie.

Il ne neigeait pas. C'était ridicule, passé cinquante ans, d'être encore déçu parce qu'il n'y avait pas de neige un matin de Noël, mais les gens d'un certain âge ne sont jamais aussi sérieux que les jeunes le croient.

Le ciel, épais et bas, d'un vilain blanc, avait l'air de peser sur les toits. Le boulevard Richard-Lenoir

navré - sorry

était complètement désert et, en face, au-dessus de la grande porte cochère, les mots « Entrepôts Légal, Fils et Cie » étaient d'un noir de cirage. L'E, Dieu sait pourquoi, avait un aspect triste.

Il entendait à nouveau sa femme aller et venir dans la cuisine, se glisser sur la pointe des pieds dans la salle à manger, continuer à prendre des précautions sans se douter qu'il était debout devant la fenêtre. En regardant sa montre sur la table de nuit, il s'aperçut qu'il n'était que huit heures dix.

Ils étaient allés au théâtre, la veille au soir. Ils auraient volontiers mangé ensuite un morceau au restaurant, pour faire comme tout le monde, mais partout les tables étaient retenues pour le réveillon et ils étaient revenus à pied, bras dessus bras dessous. De sorte qu'il était un tout petit peu moins de minuit quand ils étaient rentrés, et ils n'avaient guère eu à attendre pour se donner les cadeaux.

Une pipe pour lui, comme toujours. Pour elle, une cafetière électrique d'un modèle perfectionné dont elle avait envie, et, afin de rester fidèle à la tradition, une douzaine de mouchoirs finement brodés.

Il bourra machinalement sa nouvelle pipe. Dans certains immeubles, de l'autre côté du boulevard, les fenêtres avaient des persiennes, dans certains, pas. Peu de gens étaient levés. Par-ci par-là, seulement, une lumière restait allumée, sans doute parce qu'il y avait des enfants qui s'étaient levés de bonne heure pour se précipiter vers l'arbre et les jouets.

Ils allaient tous les deux, dans l'appartement feutré, passer une matinée paisible. Maigret traînerait jusque très tard en robe de chambre, sans se raser, et irait

noir de cirage - pitch black

9

bavarder avec sa femme dans la cuisine pendant qu'elle mettrait son déjeuner au feu.

Il n'était pas triste. Simplement son rêve – dont il ne se souvenait toujours pas – lui laissait comme une sensibilité à fleur de peau. Et peut-être, après tout, n'était-ce pas son rêve, mais Noël. Il fallait être prudent, ce jour-là, peser ses mots, comme Mme Maigret avait calculé ses mouvements pour sortir du lit, car elle aussi serait plus facilement émue que d'habitude.

Chut ! Ne pas penser à cela. Ne rien dire qui puisse y faire penser. Ne pas trop regarder dans la rue, tout à l'heure, quand des gamins commenceraient à montrer leurs jouets sur les trottoirs.

Il y avait des enfants dans la plupart des maisons, sinon dans toutes. On allait entendre des trompettes grêles, des tambours, des pistolets. Des petites filles étaient déjà en train de bercer leur poupée.

Une fois, il y avait de cela quelques années, il avait dit, un peu en l'air :

— Pourquoi ne pas profiter de Noël pour faire un petit voyage ?

— Aller où ? avait-elle répondu avec un bon sens inattaquable.

Aller voir qui ? Ils n'avaient même pas de famille à visiter, en dehors de sa sœur à elle, qui habitait trop loin. Descendre à l'hôtel dans une ville étrangère, ou à l'auberge dans quelque campagne ?

Chut ! Il était temps de boire son café et, après, il se sentirait mieux d'aplomb. Il n'était jamais très à son aise avant sa première tasse de café et sa première pipe.

Juste au moment où il tendait le bras vers le bouton

10

de la porte, celle-ci s'ouvrait sans bruit et Mme Maigret paraissait, un plateau à la main, regardait le lit vide, puis le regardait, déçue, comme prête à pleurer.

— Tu t'es levé !

Elle était déjà toute fraîche, coiffée, parée d'un tablier clair.

— Moi qui me réjouissais de te servir ton petit déjeuner au lit !

Il avait cent fois essayé, délicatement, de lui faire entendre que ce n'était pas un plaisir pour lui, que cela lui donnait un malaise, qu'il se faisait l'impression d'un malade ou d'un impotent, mais le déjeuner au lit restait pour elle l'idéal des dimanches et des jours de fête.

— Tu ne veux pas te recoucher ?

Non ! Il n'en avait pas le courage.

— Viens, alors… Joyeux Noël !

— Joyeux Noël !… Tu m'en veux ?

Ils étaient dans la salle à manger, avec le plateau d'argent sur un coin de la table, la tasse de café qui fumait, les croissants dorés dans une serviette.

Posant sa pipe, il mangea un croissant, pour lui faire plaisir, mais il restait debout, remarquait en regardant dehors :

— De la poussière de neige.

Ce n'était pas de la vraie neige. Il tombait du ciel comme une fine poussière blanche et cela lui rappelait que, quand il était petit, il tirait la langue pour en happer quelques grains.

Son regard se fixa sur la porte de l'immeuble d'en face, à gauche des entrepôts. Deux femmes venaient d'en sortir, sans chapeau. L'une d'elles, une blonde d'une trentaine d'années, avait jeté un manteau sur ses épaules, sans passer les manches, tandis que l'autre, plus âgée, se serrait dans un châle.

La blonde paraissait hésiter, prête à battre en retraite. La brune, toute petite et toute maigre, insistait, et Maigret eut l'impression qu'elle désignait ses fenêtres. Dans l'encadrement de la porte, derrière elles, la concierge parut, qui semblait venir à la rescousse de la maigre, et la jeune femme blonde se décida à traverser la rue, non sans se retourner comme avec inquiétude.

— Qu'est-ce que tu regardes ?

— Rien… des femmes…

— Qu'est-ce qu'elles font ?

— Elles ont l'air de venir ici.

Car toutes les deux, au milieu du boulevard, levaient la tête pour regarder dans sa direction.

— J'espère qu'on ne va pas te déranger le jour de Noël. Mon ménage n'est même pas fait.

Personne n'aurait pu s'en apercevoir car, en dehors du plateau, il n'y avait rien qui traînait et les meubles cirés n'étaient ternis par aucune poussière.

— Tu es sûr qu'elles viennent ici ?

— Nous verrons bien.

Il préféra, par précaution, aller se donner un coup de peigne, se brosser les dents et se passer un peu d'eau sur le visage. Il était encore dans la chambre, où il rallumait sa pipe, quand il entendit sonner à la porte. Mme Maigret dut se montrer coriace, car un bout de temps s'écoula avant qu'elle vînt le retrouver.

— Elles veulent absolument te parler, chuchota-t-elle. Elles prétendent que c'est peut-être important,

coriace-tough

qu'elles ont besoin d'un conseil. Je connais l'une des deux.

— Laquelle ?

— La petite maigre, Mlle Doncœur. Elle habite en face, au même étage que nous, et travaille toute la journée près de sa fenêtre. C'est une demoiselle très bien, qui fait de la broderie fine pour une maison du faubourg Saint-Honoré. Je me suis déjà demandé si elle n'était pas amoureuse de toi.

— Pourquoi ?

— Parce que, quand tu t'en vas, il lui arrive assez souvent de se lever pour te suivre des yeux.

— Quel âge a-t-elle ?

— Entre quarante-cinq et cinquante ans. Tu ne passes pas un costume ?

Pourquoi n'aurait-il pas le droit, alors qu'on venait le déranger chez lui, un matin de Noël, à huit heures et demie, de se montrer en robe de chambre ? Sous celle-ci, cependant, il enfila un pantalon, puis il ouvrit la porte de la salle à manger, où les deux femmes se tenaient debout.

— Excusez-moi, mesdames…

Peut-être, après tout, Mme Maigret avait-elle raison, car Mlle Doncœur ne rougit pas, mais pâlit, sourit, perdit son sourire qu'elle rattrapa aussitôt, ouvrit la bouche sans trouver tout de suite quelque chose à dire.

Quant à la blonde, qui était parfaitement maîtresse d'elle-même, elle prononça, non sans humeur :

— Ce n'est pas moi qui ai voulu venir.

— Voulez-vous vous donner la peine de vous asseoir ?

Il remarqua que la blonde, sous son manteau, était en tenue d'intérieur et qu'elle ne portait pas de bas, tandis que Mlle Doncœur était vêtue comme pour se rendre à la messe.

— Vous vous demandez peut-être comment nous avons eu l'audace de nous adresser à vous, commença cette dernière en cherchant ses mots. Comme tout le quartier, nous savons évidemment qui nous avons l'honneur d'avoir pour voisin…

Cette fois, elle rougissait légèrement, fixait le plateau.

— Nous vous empêchons de finir votre petit déjeuner.

— J'avais fini. Je vous écoute.

— Il s'est passé ce matin, ou plutôt cette nuit, dans notre immeuble, un événement si troublant que j'ai pensé tout de suite que c'était notre devoir de vous en parler. Mme Martin ne voulait pas vous déranger. Je lui ai dit…

— Vous habitez en face aussi, madame Martin ?

— Oui, monsieur.

Elle n'était pas contente, cela se voyait, d'avoir été poussée à cette démarche. Quant à Mlle Doncœur, elle reprenait son élan.

— Nous habitons le même étage, juste en face de vos fenêtres (elle rougit à nouveau, comme si cela constituait un aveu). M. Martin est souvent en voyage pour ses affaires, ce qui est compréhensible, puisqu'il est représentant de commerce. Depuis deux mois, leur petite fille est au lit, à la suite d'un accident ridicule.

Poliment, Maigret se tourna vers la blonde.

— Vous avez une fille, madame Martin ?

élan – run-up, momentum

14

— C'est-à-dire que ce n'est pas notre fille, mais notre nièce. Sa maman est morte, il y a un peu plus de deux ans, et, depuis, l'enfant vit avec nous. Elle s'est cassé la jambe dans l'escalier et elle aurait dû être rétablie après six semaines s'il n'y avait eu des complications.

— Votre mari est hors ville actuellement ?

— Il doit se trouver en Dordogne.

— Je vous écoute, mademoiselle Doncœur.

Mme Maigret avait fait le tour par la salle de bains pour regagner sa cuisine où on l'entendait remuer des casseroles. De temps en temps, Maigret jetait un coup d'œil sur le ciel livide.

— Ce matin, je me suis levée de bonne heure, comme d'habitude, pour aller à la première messe.

— Vous y êtes allée ?

— Oui. Je suis rentrée vers sept heures et demie, car j'ai entendu trois messes. J'ai préparé mon petit déjeuner. Vous avez pu voir de la lumière à ma fenêtre.

Il fit signe qu'il n'y avait pas pris garde.

— J'avais hâte d'aller porter quelques douceurs à Colette, pour qui c'est un si triste Noël. Colette est la nièce de Mme Martin.

— Quel âge a-t-elle ?

— Sept ans. C'est bien cela, madame Martin ?

— Elle aura sept ans en janvier.

— A huit heures, j'ai frappé à la porte de l'appartement.

— Je n'étais pas levée, dit la blonde. Il m'arrive de dormir assez tard.

— Je disais donc que j'ai frappé et que Mme Martin m'a fait attendre un instant, le temps de passer un peignoir. J'avais les bras chargés et je lui ai demandé si je pouvais remettre mes cadeaux à Colette.

Il sentait que la blonde avait eu le temps de tout examiner dans l'appartement, non sans lui jeter de temps en temps un regard aigu où il y avait de la méfiance.

— Nous avons ouvert ensemble la porte de sa chambre.

— L'enfant a une chambre pour elle seule ?

— Oui. Le logement se compose de deux chambres, d'un cabinet de toilette, d'une salle à manger et d'une cuisine. Mais il faut que je vous dise… Non ! Ce sera pour tout à l'heure. J'en étais au moment où nous avons ouvert la porte. Comme il faisait sombre dans la pièce, Mme Martin a tourné le commutateur électrique.

— Colette était éveillée ?

— Oui. On voyait bien qu'il y avait longtemps qu'elle ne dormait plus et qu'elle attendait. Vous savez comment sont les enfants le matin de Noël. Si elle avait pu se servir de ses jambes, elle se serait sans doute levée pour aller voir ce que le père Noël lui avait apporté. Peut-être aussi qu'une autre enfant aurait appelé. Mais c'est déjà une petite femme. On sent qu'elle pense beaucoup, qu'elle est plus vieille que son âge.

Mme Martin regarda par la fenêtre à son tour et Maigret chercha à savoir quel était son appartement. Cela devait être celui de droite, tout au bout de l'immeuble, où deux fenêtres étaient éclairées.

Mlle Doncœur poursuivait :

— Je lui ai souhaité joyeux Noël. Je lui ai dit textuellement :

» — Regarde, chérie, ce que le père Noël a déposé pour toi dans ma chambre.

Les doigts de Mme Martin s'agitaient, se crispaient.

— Or savez-vous ce qu'elle m'a répondu, sans regarder ce que je lui apportais – ce n'étaient d'ailleurs que des babioles…

» — Je l'ai vu.

» — Tu as vu qui ?

» — Le Père Noël.

» — Quand l'as-tu vu ? Où ?

» — Ici, cette nuit. Il est venu dans ma chambre.

» C'est bien ce qu'elle nous a dit, n'est-ce pas, madame Martin ? D'une autre enfant cela aurait fait sourire, mais je vous ai dit que Colette est déjà une petite femme. Elle ne plaisantait pas.

» — Comment as-tu pu le voir, puisqu'il faisait noir ?

» — Il avait une lumière.

» — Il a allumé la lampe ?

» — Non. Il avait une lumière électrique. Regarde, maman Loraine…

» Car il faut que je vous dise que la petite appelle Mme Martin maman, ce qui est naturel étant donné qu'elle n'a plus sa mère et que Mme Martin la remplace…

Tout cela, aux oreilles de Maigret, commençait à se confondre en un ronron continu. Il n'avait pas encore bu sa seconde tasse de café. Sa pipe venait de s'éteindre.

— Elle a vraiment vu quelqu'un ? questionna-t-il sans conviction.

— Oui, monsieur le commissaire. Et c'est pour cela

que j'ai insisté pour que Mme Martin vienne vous parler. Nous en avons eu la preuve. La petite, avec un sourire malin, a écarté son drap et nous a montré, dans le lit, serrée contre elle, une magnifique poupée qui n'était pas la veille dans la maison.

— Vous ne lui avez pas donné de poupée, Mme Martin ?

— J'allais lui en donner une, beaucoup moins belle, que j'ai achetée hier après-midi aux Galeries. Je la tenais derrière mon dos quand nous sommes entrées dans la chambre.

— Cela signifie donc que quelqu'un s'est introduit cette nuit dans votre appartement ?

— Ce n'est pas tout, s'empressa de prononcer Mlle Doncœur, maintenant lancée. Colette n'est pas une enfant à mentir, ni à se tromper. Nous l'avons questionnée, sa maman et moi. Elle est sûre d'avoir vu quelqu'un habillé en Père Noël, avec une barbe blanche et une ample robe rouge.

— À quel moment s'est-elle éveillée ?

— Elle ne sait pas. C'était au cours de la nuit. Elle a ouvert les yeux parce qu'elle croyait voir une lumière, et il y avait en effet une lumière dans la chambre, éclairant une partie du plancher, en face de la cheminée.

— Je ne comprends pas ce que cela signifie, soupira Mme Martin. À moins que mon mari en sache plus long que moi…

Mlle Doncœur tenait à garder la direction de l'entretien. On comprenait que c'était elle qui avait interrogé l'enfant sans lui faire grâce d'un détail, comme c'était elle qui avait pensé à Maigret.

— Le Père Noël, a dit Colette, était penché sur le plancher, comme accroupi, et avait l'air de travailler.

— Elle n'a pas eu peur ?

— Non. Elle l'a regardé et, ce matin, elle nous a dit qu'il était occupé à faire un trou dans le plancher. Elle a cru que c'était par là qu'il voulait passer pour entrer chez les gens d'en dessous, les Delorme, qui ont un petit garçon de trois ans, et elle a ajouté que la cheminée était sans doute trop étroite.

» L'homme a dû se sentir observé. Il paraît qu'il s'est levé et qu'il est venu vers le lit sur lequel il a posé une grande poupée, en mettant un doigt sur ses lèvres.

— Elle l'a vu sortir ?

— Oui.

— Par le plancher ?

— Non. Par la porte.

— Dans quelle pièce de l'appartement donne cette porte ?

— Elle ouvre directement sur le corridor. C'est une chambre qui, avant, était louée à part. Elle communique à la fois avec le logement et avec le couloir.

— Elle n'était pas fermée à clef ?

— Elle l'était, intervint Mme Martin. Je n'allais pas laisser l'enfant dans une chambre non fermée.

— La porte a été forcée ?

— Probablement. Je ne sais pas. Mlle Doncœur a tout de suite proposé de venir vous voir.

— Vous avez découvert un trou dans le plancher ?

Mme Martin haussa les épaules, comme excédée, mais la vieille fille répondit pour elle.

— Pas un trou à proprement parler, mais on voit très bien que des lattes ont été soulevées.

19

— Dites-moi, madame Martin, avez-vous une idée de ce qui pouvait se trouver sous ce plancher ?

— Non, monsieur.

— Il y a longtemps que vous habitez cet appartement ?

— Depuis mon mariage, il y a cinq ans.

— Cette chambre faisait déjà partie du logement ?

— Oui.

— Vous savez qui l'habitait avant vous ?

— Mon mari. Il a trente-huit ans. Quand je l'ai épousé, il avait déjà trente-trois ans et vivait dans ses meubles ; il aimait, quand il rentrait à Paris, après une de ses tournées, se trouver chez lui.

— Vous ne croyez pas qu'il a pu vouloir faire une surprise à Colette ?

— Il est à six ou sept cents kilomètres d'ici.

— Vous savez où ?

— Plus que probablement à Bergerac. Ses tournées sont organisées à l'avance et il est rare qu'il ne suive pas l'horaire.

— Dans quelle branche travaille-t-il ?

— Il représente les montres Zénith pour le Centre et le Sud-Ouest. C'est une très grosse affaire, vous le savez sans doute, et il a une excellente situation.

— C'est le meilleur homme de la terre ! s'écria Mlle Doncœur, qui corrigea, les joues roses :

— Après vous !

— En somme, si je comprends bien, quelqu'un s'est introduit cette nuit chez vous sous un déguisement de Père Noël !

— La petite le prétend.

prétendre — claim, intend

20

— Vous n'avez rien entendu ? Votre chambre est loin de celle de l'enfant ?

— Il y a la salle à manger entre les deux.

— Vous ne laissez pas les portes de communication ouvertes, la nuit ?

— Ce n'est pas nécessaire. Colette n'est pas peureuse et, d'habitude, elle ne se réveille pas. Si elle a à m'appeler, elle dispose d'une petite sonnette en cuivre placée sur sa table de nuit.

— Vous êtes sortie, hier au soir ?

— Non, monsieur le commissaire, répondit-elle sèchement, comme vexée.

— Vous n'avez reçu personne ?

— Je n'ai pas l'habitude de recevoir en l'absence de mon mari.

Maigret jeta un coup d'œil à Mlle Doncœur, qui ne broncha pas, ce qui indiquait que cela devait être exact.

— Vous vous êtes couchée tard ?

— Tout de suite après que la radio a joué le *Minuit, chrétiens*. J'avais lu jusqu'alors.

— Vous n'avez rien entendu d'anormal ?

— Non.

— Avez-vous demandé à la concierge si elle a tiré le cordon pour des étrangers ?

Mlle Doncœur intervint derechef.

— Je lui en ai parlé. Elle prétend que non.

— Et, ce matin, il ne manquait rien chez vous, Mme Martin ? Vous n'avez pas l'impression qu'on soit entré dans la salle à manger ?

— Non.

— Qui est avec l'enfant, en ce moment ?

— Personne. Elle a l'habitude de rester seule. Je ne peux pas être toute la journée à la maison. Il y a le marché, les courses à faire…

— Je comprends. Colette est orpheline, m'avez-vous dit ?

— De mère.

— Son père, donc, vit encore ? Où est-il ? Qui est-il ?

— C'est le frère de mon mari, Paul Martin. Quant à vous dire où il est…

Elle fit un geste vague.

— Quand l'avez-vous vu pour la dernière fois ?

— Il y a au moins un mois. Plus que cela. C'était aux alentours de la Toussaint. Il finissait une neuvaine.

— Pardon ?

Elle répondit avec une pointe d'humeur :

— Autant vous le dire tout de suite puisque, maintenant, nous voilà plongés dans les histoires de la famille.

On sentait qu'elle en voulait à Mlle Doncœur, qu'elle rendait responsable de la situation.

— Mon beau-frère, surtout depuis qu'il a perdu sa femme, n'est plus un homme comme il faut.

— Que voulez-vous dire au juste ?

— Il boit. Il buvait déjà avant, mais pas d'une façon excessive, et cela ne lui faisait pas faire de bêtises. Il travaillait régulièrement. Il avait même une assez bonne situation dans un magasin de meubles du faubourg Saint-Antoine. Depuis l'accident…

— L'accident arrivé à sa fille ?

— Je parle de celui qui a causé la mort de sa femme.

neuvaine – novena

Un dimanche, il s'est mis en tête d'emprunter l'auto d'un camarade et d'emmener sa femme et l'enfant à la campagne. Colette était toute petite.

— A quelle époque était-ce ?

— Il y a environ trois ans. Ils sont allés déjeuner dans une guinguette, du côté de Mantes-la-Jolie. Paul n'a pas pu se retenir de boire du vin blanc et cela lui est monté à la tête. Quand il est revenu vers Paris, il chantait à tue-tête et l'accident est arrivé près du pont de Bougival. Sa femme a été tuée sur le coup. Il a eu lui-même le crâne défoncé et c'est un miracle qu'il ait survécu. Colette s'en est tirée indemne. Lui, depuis, ce n'est plus un homme. Nous avons pris la petite chez nous. Nous l'avons pratiquement adoptée. Il vient la voir de temps en temps, mais seulement quand il est à peu près sobre. Puis tout de suite il replonge…

— Vous savez où il vit ?

Un geste vague.

— Partout. Il nous est arrivé de le rencontrer traînant la jambe à la Bastille comme un mendiant. Certaines fois, il vend des journaux dans la rue. J'en parle devant Mlle Doncœur car, malheureusement, toute la maison est au courant.

— Vous ne pensez pas qu'il a pu avoir l'idée de se déguiser en Père Noël pour venir voir sa fille ?

— C'est ce que j'ai dit tout de suite à Mlle Doncœur. Elle a insisté pour venir vous parler quand même.

— Parce qu'il n'aurait pas eu de raison pour défaire les lames du plancher, riposta celle-ci non sans aigreur.

— Qui sait si votre mari n'est pas rentré à Paris plus tôt qu'il le prévoyait et si…

23

— C'est sûrement quelque chose comme ça. Je ne suis pas inquiète. Sans Mlle Doncœur…

Encore ! Décidément, elle n'avait pas traversé le boulevard de gaieté de cœur !

— Pouvez-vous me dire où votre mari a des chances d'être descendu ?

— A l'*Hôtel de Bordeaux,* à Bergerac.

— Vous n'avez pas pensé à lui téléphoner ?

— Il n'y a pas le téléphone dans la maison, sauf chez les gens du premier, qui n'aiment pas être dérangés.

— Verriez-vous un inconvénient à ce que j'appelle l'*Hôtel de Bordeaux* ?

Elle acquiesça d'abord, puis hésita :

— Il va se demander ce qui se passe.

— Vous pourrez lui parler.

— Il n'est pas habitué à ce que je lui téléphone.

— Vous préférez rester dans l'incertitude ?

— Non. Comme vous voudrez. Je lui parlerai.

Il décrocha l'appareil, demanda la communication. Dix minutes plus tard, il avait l'*Hôtel de Bordeaux* au bout du fil et passait le récepteur à Mme Martin.

— Allô ! Je voudrais parler à M. Martin, s'il vous plaît. M. Jean Martin, oui… Cela ne fait rien… Éveillez-le…

Elle expliqua, la main sur le cornet :

— Il dort encore. On est allé l'appeler.

Elle cherchait visiblement ce qu'elle allait dire.

— Allô ! C'est toi ?… Comment ?… Oui, joyeux Noël !… Tout va bien, oui… Colette va très bien… Non, ce n'est pas seulement pour ça que je te téléphone… Mais non ! Rien de mauvais, ne t'inquiète pas…

Elle répéta en détachant les syllabes :

— *Je te dis de ne pas t'inquiéter…* Seulement, il y a eu, la nuit dernière, un incident bizarre… Quelqu'un, habillé en Père Noël, est entré dans la chambre de Colette… Mais non ! Il ne lui a pas fait de mal… Il lui a donné une grande poupée… *Poupée,* oui… Et il a fait quelque chose au plancher… Il a soulevé deux lames qu'il a ensuite remises en place hâtivement… Mlle Doncœur a voulu que j'en parle au commissaire qui habite en face… C'est de chez lui que je te téléphone… Tu ne comprends pas ?… Moi non plus… Tu veux que je te le passe ?… Je vais le lui demander…

Et, à Maigret :

— Il voudrait vous parler.

Une bonne voix, au bout du fil, un homme anxieux, ne sachant visiblement que penser.

— Vous êtes sûr qu'on n'a pas fait de mal à ma femme et à la petite ?… C'est tellement ahurissant !… S'il n'y avait que la poupée, je penserais que c'est mon frère… Loraine vous en parlera… C'est ma femme… Demandez-lui des détails… Mais il ne se serait pas amusé à soulever des lames de plancher… Vous ne pensez pas que je ferais mieux de revenir tout de suite ? J'ai un train vers trois heures cet après-midi… Comment ?… Je peux compter sur vous pour veiller sur elles ?…

Loraine reprit l'appareil.

— Tu vois ! Le commissaire est confiant. Il affirme qu'il n'y a aucun danger. Ce n'est pas la peine d'interrompre ta tournée juste au moment où tu as des chances d'être nommé à Paris…

25

Mlle Doncœur la regardait fixement et il n'y avait pas beaucoup de tendresse dans son regard.

— Je te promets de te téléphoner ou de t'envoyer une dépêche s'il y avait du nouveau. Elle est tranquille. Elle joue avec sa poupée. Je n'ai pas encore eu le temps de lui donner ce que tu as envoyé pour elle. J'y vais tout de suite…

Elle raccrocha, prononça :

— Vous voyez !

Puis, après un silence :

— Je vous demande pardon de vous avoir dérangé. Ce n'est pas ma faute. Je suis sûre qu'il s'agit d'une mauvaise plaisanterie, à moins que ce soit une idée de mon beau-frère. Quand il a bu, on ne peut pas prévoir ce qui lui passera par la tête…

— Vous ne comptez pas le voir aujourd'hui ? Vous ne croyez pas qu'il voudra rendre visite à sa fille ?

— Cela dépend. S'il a bu, non. Il a soin de ne pas se montrer à elle dans cet état. Il s'arrange quand il vient pour être aussi décent que possible.

— Puis-je vous demander la permission d'aller tout à l'heure bavarder avec Colette ?

— Je n'ai pas à vous en empêcher. Si vous croyez que c'est utile…

— Je vous remercie, monsieur Maigret, s'écria Mlle Doncœur avec un regard à la fois complice et reconnaissant. Cette enfant est tellement intéressante ! Vous verrez !

Elle gagnait la porte à reculons. Quelques instants plus tard, Maigret les voyait traverser le boulevard l'une derrière l'autre, la demoiselle marchant sur les

26

talons de Mme Martin et se retournant pour lancer un regard aux fenêtres du commissaire.

Des oignons rissolaient dans la cuisine, dont Mme Maigret ouvrait la porte en disant avec douceur :

— Tu es content ?

Chut ! Il ne fallait même pas avoir l'air de comprendre. On ne lui laissait pas le loisir de penser, en ce matin de Noël, au vieux couple qu'ils étaient, sans personne à gâter.

Il était temps de se raser pour aller voir Colette.

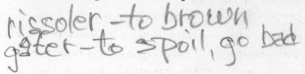

2

C'est au beau milieu de sa toilette, au moment où il allait mouiller son blaireau, qu'il avait décidé de téléphoner. Il ne s'était pas donné la peine de passer sa robe de chambre ; il était assis en pyjama dans le fauteuil de la salle à manger, *son* fauteuil, près de la fenêtre, à attendre la communication, en regardant la fumée monter lentement de toutes les cheminées.

La sonnerie, là-bas, quai des Orfèvres, n'avait pas pour lui le même son que les autres sonneries et il croyait voir les grands couloirs déserts, les portes ouvertes sur des bureaux vides, le standardiste qui appelait Lucas en lui disant :

— C'est le patron !

Il se faisait un peu l'impression d'une des amies de sa femme pour qui le comble du bonheur – qu'elle s'offrait presque chaque jour – était de passer la matinée au lit, fenêtres et rideaux clos, dans la lumière douce d'une veilleuse, et d'appeler, au petit bonheur, l'une ou l'autre de ses amies.

— Comment, il est dix heures ? Quel temps fait-il dehors ? Il pleut ? Et vous êtes déjà sortie ? Vous avez fait votre marché ?

Elle cherchait ainsi, au bout du fil, des échos de l'agitation du dehors, tout en s'enfonçant de plus en plus voluptueusement dans la moiteur de son lit.

— C'est vous, patron ?

Maigret aussi avait envie de demander à Lucas qui était de garde avec lui, ce qu'ils faisaient l'un et l'autre, quelle était, ce matin, la physionomie de la maison.

— Rien de nouveau ? Pas trop de travail ?

— Presque rien. Du courant…

— Je voudrais que tu essaies de m'avoir quelques renseignements. Je pense que tu pourras les obtenir par téléphone. Tout d'abord, procure-toi la liste des condamnés qui ont été relâchés depuis deux mois, mettons trois mois.

— De quelle prison ?

— De toutes les prisons. Ne t'occupe que de ceux qui ont purgé une peine d'au moins cinq ans. Essaie de savoir s'il y en a un, parmi eux, qui, à une époque de sa vie, aurait vécu boulevard Richard-Lenoir. Tu entends ?

— Je prends note.

Lucas devait être ahuri, mais n'en laissait rien paraître.

— Autre chose. Il faudrait retrouver un certain Paul Martin, un ivrogne, sans domicile fixe, qui traîne assez souvent dans le quartier de la Bastille. Ne pas l'arrêter. Ne pas le molester. Savoir où il a passé la nuit de Noël. Les commissariats pourront t'aider.

Au fond, contrairement à l'amie au téléphone, cela le gênait d'être chez lui, dans son fauteuil, en pyjama, les joues non rasées, à regarder un paysage familier et immobile où seules fumaient les cheminées, tandis qu'à l'autre bout du fil le brave Lucas était de service depuis six heures du matin et avait déjà dû déballer ses sandwiches.

— Ce n'est pas tout, vieux. Appelle Bergerac. A l'Hôtel de Bordeaux, il y a un voyageur de commerce nommé Jean Martin. Non ! Jean ! Ce n'est pas le même. C'est son frère. Je voudrais savoir si, dans la journée d'hier ou dans la nuit, il n'a pas reçu un appel de Paris, ou un télégramme. Et, ma foi, autant demander où il a passé sa soirée. Je crois que c'est tout.

— Je vous rappelle ?

— Pas tout de suite. Il faut que je sorte. C'est moi qui te rappellerai.

— Il s'est passé quelque chose dans votre quartier ?

— Je ne sais pas encore. Peut-être.

Mme Maigret vint lui parler dans la salle de bains pendant qu'il finissait sa toilette. Et, à cause des cheminées, il ne mit pas son pardessus. De les voir, en effet, avec leur fumée lente qui mettait un certain temps à se fondre dans le ciel, on imaginait, derrière les fenêtres, des intérieurs surchauffés, et il allait passer un bon moment dans des logements exigus, où on ne l'inviterait pas à se mettre à l'aise. Il préférait traverser le boulevard en voisin, avec juste son chapeau sur la tête.

L'immeuble, comme celui qu'il habitait, était vieux, mais propre, un peu triste, surtout par ce matin gris de décembre. Il évita de s'arrêter chez la concierge, qui le regarda passer avec un peu de dépit et, tandis qu'il montait l'escalier, des portes s'entrouvraient sans bruit sur son passage, il entendait des pas feutrés, des chuchotements.

Au troisième, Mlle Doncœur, qui avait dû le guetter par la fenêtre, l'attendait dans le corridor, à la fois intimidée et surexcitée comme s'il s'était agi d'un rendez-vous d'amour.

— Par ici, monsieur Maigret. Elle est sortie il y a un bon moment.

Il fronça les sourcils et elle le remarqua.

— Je lui ai dit qu'elle avait tort, que vous alliez venir, qu'elle ferait mieux de rester chez elle. Elle m'a répondu qu'elle n'avait pas fait son marché hier, qu'il manquait de tout à la maison et que, plus tard, elle ne trouverait plus de magasins ouverts. Entrez.

Elle se tenait devant la porte du fond, qui était celle d'une salle à manger assez petite, assez sombre, mais propre et sans désordre.

— Je garde la petite en l'attendant. Colette se réjouit de vous voir, car je lui ai parlé de vous. Elle a seulement peur que vous lui repreniez sa poupée.

— Quand Mme Martin a-t-elle décidé de sortir ?

— Tout de suite après que nous sommes revenues de chez vous. Elle a commencé à s'habiller.

— Elle a fait une toilette complète ?

— Je ne comprends pas ce que vous voulez dire.

— Je suppose que, pour aller faire des courses dans le quartier, elle ne s'habille pas de la même façon que pour aller en ville ?

— Elle est très bien habillée, avec son chapeau et ses gants. Elle a emporté son sac à provisions.

Avant de s'occuper de Colette, Maigret entra dans la cuisine où traînaient les restes d'un petit déjeuner.

— Elle avait mangé avant de venir me voir ?

— Non. Je ne lui en ai pas donné le temps.

— Elle a mangé après ?

— Non plus. Elle s'est juste préparé une tasse de café noir. C'est moi qui ai donné le petit déjeuner à Colette pendant que Mme Martin s'habillait.

Sur l'appui de la fenêtre qui donnait sur la cour, il y avait un garde-manger et Maigret l'examina avec soin, y vit de la viande froide, du beurre, des œufs, des légumes. Dans le buffet de la cuisine, il trouva deux pains frais qui n'étaient pas entamés. Colette avait mangé des croissants avec son chocolat.

— Vous connaissez bien Mme Martin ?

— C'est une voisine, n'est-ce pas ? Je la vois davantage depuis que Colette est couchée, parce qu'elle me demande souvent de jeter un coup d'œil à la petite quand elle sort.

— Elle sort beaucoup ?

— Assez peu. Juste pour des courses.

Quelque chose l'avait frappé quand il était entré, qu'il essayait de définir, quelque chose dans l'atmosphère, dans l'arrangement des meubles, dans le genre d'ordre qui régnait, et même dans l'odeur. C'est en regardant Mlle Doncœur qu'il trouva, ou crut trouver.

On lui avait dit tout à l'heure que Martin occupait déjà l'appartement avant son mariage. Or, malgré la présence de Mme Martin depuis déjà cinq années, c'était resté un appartement de célibataire. Par exemple, il désignait, dans la salle à manger, deux portraits agrandis, des deux côtés de la cheminée.

— Qui est-ce ?

— Le père et la mère de M. Martin.

— Il n'y a pas de photos des parents de Mme Martin ?

— Je n'ai jamais entendu parler d'eux. Je suppose qu'elle est orpheline.

Même la chambre à coucher était sans coquetterie, sans féminité. Il ouvrit une penderie et, à côté de vêtements d'homme soigneusement rangés, il vit des vêtements de femme, surtout des costumes tailleur, des robes très sobres. Il n'osa pas ouvrir les tiroirs, mais il était sûr qu'ils ne contenaient pas de colifichets, ni de ces petits riens sans valeur que les femmes ont coutume d'amasser.

— Mademoiselle Doncœur ! appelait une petite voix calme.

— Allons voir Colette, décida-t-il.

La chambre de l'enfant aussi était sévère, presque nue, avec, dans un lit trop grand pour elle, une petite fille au visage grave, aux yeux interrogateurs, mais confiants.

— C'est vous, monsieur, qui êtes le commissaire ?

— C'est moi, mon petit. N'aie pas peur.

— Je n'ai pas peur. Maman Loraine n'est pas rentrée ?

Le mot le frappa. Les Martin n'avaient-ils pas en quelque sorte adopté leur nièce ?

Or l'enfant ne disait pas *maman* tout court, mais *maman Loraine*.

— Est-ce que vous croyez, vous, que c'est le Père Noël qui est venu me voir cette nuit ?

— J'en suis persuadé.

— Maman Loraine ne le croit pas. Elle ne me croit jamais.

Elle avait un visage chiffonné, des yeux très vifs, au regard insistant, et le plâtre qui gonflait une de ses jambes jusqu'au haut de la cuisse formait une petite montagne sous la couverture.

Mlle Doncœur se tenait dans l'encadrement de la porte et, délicatement, afin de les laisser seuls, elle annonça :

— Je vais vite chez moi, voir si rien ne brûle sur le feu.

Maigret, qui s'était assis près du lit, ne savait comment s'y prendre. A vrai dire, il ne savait quelle question poser.

— Tu aimes beaucoup maman Loraine ?

— Oui, monsieur.

Elle répondait sagement, sans enthousiasme, mais sans hésitation.

— Et ton papa ?

— Lequel ? Parce que j'ai deux papas, vous savez, papa Paul et papa Jean.

— Il y a longtemps que tu as vu papa Paul ?

— Je ne sais pas. Peut-être des semaines. Il m'a promis de m'apporter un jouet à Noël et il n'est pas encore venu. Il a dû être malade.

— Il est souvent malade ?

— Souvent, oui. Quand il est malade, il ne vient pas me voir.

— Et ton papa Jean ?

— Il est en voyage, mais il reviendra pour le Nouvel An. Peut-être qu'alors il sera nommé à Paris et qu'il ne sera plus obligé de partir. Il sera content et moi aussi.

— Est-ce que, depuis que tu es couchée, il y a beaucoup d'amis qui viennent te voir ?

35

— Quels amis ? Les petites filles de l'école ne savent pas où j'habite. Ou, si elles le savent, elles n'ont pas le droit de venir toutes seules.

— Des amis de maman Loraine, ou de ton papa ?

— Il ne vient jamais personne.

— Jamais ? Tu es sûre ?

— Seulement l'homme du gaz, ou de l'électricité. Je les entends, car la porte est presque toujours ouverte. Je les connais. Deux fois, seulement, il est venu quelqu'un.

— Il y a longtemps ?

— La première fois, c'était le lendemain de mon accident. Je m'en souviens parce que le docteur venait justement de sortir.

— Qui était-ce ?

— Je ne l'ai pas vu. J'ai entendu qu'il frappait à l'autre porte, qu'il parlait, et maman Loraine a tout de suite fermé la porte de ma chambre. Ils ont parlé bas pendant assez longtemps. Après, elle m'a dit qu'il était venu l'ennuyer pour une assurance. Je ne sais pas ce que c'est.

— Et il est revenu ?

— Il y a cinq ou six jours. Cette fois-ci, c'était le soir, quand on avait déjà éteint dans ma chambre. Je ne dormais pas encore. J'ai entendu qu'on frappait, puis qu'on parlait bas, comme la première fois. J'ai bien su que ce n'était pas Mlle Doncœur, qui vient parfois le soir tenir compagnie à maman Loraine. J'ai eu, plus tard, l'impression qu'ils se disputaient et j'ai eu peur, j'ai appelé, maman Loraine est venue me dire que c'était encore pour l'assurance, que je devais dormir.

— Il est resté longtemps ?

— Je ne sais pas. Je crois que je me suis endormie.

— Tu ne l'as vu aucune des deux fois ?

— Non. Mais je reconnaîtrais sa voix.

— Même quand il parle bas ?

— Oui. Justement parce qu'il parle bas et que cela fait un bruit comme un gros bourdon. Je peux garder la poupée, n'est-ce pas ? Maman Loraine m'a acheté deux boîtes de bonbons et un petit nécessaire de couture. Elle m'avait acheté une poupée aussi, beaucoup moins grande que celle du Père Noël, parce qu'elle n'est pas riche. Elle me l'a montrée ce matin avant de partir, puis elle l'a remise dans la boîte, car, puisque j'ai celle-ci, je n'en ai pas besoin. Le magasin la reprendra.

L'appartement était surchauffé, les pièces étroites, sans beaucoup d'air, et pourtant Maigret avait une impression de froideur. La maison ressemblait à la sienne, en face. Pourquoi, ici, le monde lui paraissait-il plus petit, plus mesquin ?

Il se pencha sur le plancher, à l'endroit où les deux lames avaient été soulevées, et il ne vit rien qu'une cavité poussiéreuse, légèrement humide, comme sous tous les planchers. Quelques éraflures dans le bois indiquaient qu'on s'était servi d'un ciseau ou d'un instrument de ce genre.

Il alla examiner la porte et y trouva aussi des traces de pesée. C'était du travail d'amateur, du travail facile, au surplus.

— Le Père Noël n'a pas été fâché quand il a vu que tu le regardais ?

— Non, monsieur. Il était occupé à faire un trou dans le plancher pour aller voir le petit garçon du second.

— Il ne t'a rien dit ?

— Je crois qu'il a souri. Je ne suis pas sûre, à cause de sa barbe. Il ne faisait pas très clair. Je suis certaine qu'il a mis un doigt sur sa bouche, pour que je n'appelle pas, parce que les grandes personnes n'ont pas le droit de le rencontrer. Est-ce que vous l'avez déjà rencontré, vous ?

— Il y a très longtemps.

— Quand vous étiez petit ?

Il entendit des pas dans le corridor. La porte s'ouvrit. C'était Mme Martin, en tailleur gris, un filet de provisions à la main, un petit chapeau beige sur la tête. Elle avait visiblement froid. La peau de son visage était tendue et très blanche, mais elle avait dû se presser, monter l'escalier en hâte, car deux petits cercles rouges paraissaient sur ses joues et sa respiration était courte.

Elle ne sourit pas, demanda à Maigret :

— Elle a été sage ?

Puis, se débarrassant de sa jaquette :

— Je m'excuse de vous avoir fait attendre. Il fallait que je sorte pour acheter diverses choses et, plus tard, j'aurais trouvé les magasins fermés.

— Vous n'avez rencontré personne ?

— Que voulez-vous dire ?

— Rien. Je me demandais si personne n'avait tenté de vous parler.

Elle avait eu le temps d'aller beaucoup plus loin que la rue Amelot ou la rue du Chemin-Vert, où étaient la plupart des boutiques du quartier. Elle avait même pu prendre un taxi, ou le métro, gagner presque n'importe quel point de Paris.

Dans toute la maison, les locataires devaient rester aux aguets et Mlle Doncœur venait demander si on avait besoin d'elle. Mme Martin allait certainement dire non, mais ce fut Maigret qui répondit :

— J'aimerais que vous restiez avec Colette pendant que je passe à côté.

Elle comprit qu'il lui demandait de retenir l'attention de l'enfant pendant qu'il s'entretiendrait avec Mme Martin. Celle-ci dut comprendre aussi, mais n'en laissa rien voir.

— Entrez, je vous en prie. Vous permettez que je me débarrasse ? Elle allait poser ses provisions dans la cuisine, puis retirait son chapeau, faisait un peu bouffer ses cheveux d'un blond pâle. La porte de la chambre refermée, elle dit :

— Mlle Doncœur est très excitée. Quelle aubaine pour une vieille fille, n'est-ce pas ? surtout pour une vieille fille qui collectionne les articles de journaux sur un certain commissaire et qui a enfin celui-ci dans sa propre maison ! Vous permettez ?

Elle tira une cigarette d'un étui d'argent, en tapota le bout, l'alluma avec un briquet. Peut-être fut-ce ce geste qui incita Maigret à lui poser une question.

— Vous ne travaillez pas, madame Martin ?

— Il me serait difficile de travailler et de m'occuper du ménage et de la petite par surcroît, même quand elle va à l'école. D'ailleurs, mon mari ne permet pas que je travaille.

— Mais vous travailliez avant de le connaître ?

— Bien entendu. Il fallait que je gagne ma vie. Vous ne voulez pas vous asseoir ?

Il s'assit dans un fauteuil rustique à fond de paille tressée, cependant qu'elle s'appuyait d'une cuisse au bord de la table.

— Vous étiez dactylo ?

— Je l'ai été.

— Longtemps ?

— Assez longtemps.

— Vous l'étiez encore quand vous avez rencontré Martin ? Je m'excuse de vous poser ces questions.

— C'est votre métier.

— Vous vous êtes mariée il y a cinq ans. Où travailliez-vous à cette époque ? Un instant. Puis-je vous demander votre âge ?

— Trente-trois ans. J'avais donc vingt-huit ans et je travaillais chez M. Lorilleux, au Palais-Royal.

— Comme secrétaire ?

— M. Lorilleux tenait une bijouterie, ou plus exactement un commerce de souvenirs et de monnaies anciennes. Vous connaissez ces vieux magasins du Palais-Royal. J'étais à la fois vendeuse, secrétaire et comptable. C'était moi qui tenais le magasin quand il s'absentait.

— Il était marié ?

— Et père de trois enfants.

— Vous l'avez quitté pour épouser Martin ?

— Pas exactement. Jean n'aimait pas que je continue à travailler, mais il ne gagnait pas trop largement sa vie et j'avais une bonne place. Les premiers mois, je l'ai gardée.

— Ensuite ?

— Ensuite, il s'est passé une chose à la fois simple et inattendue. Un matin, à neuf heures, comme d'habitude, je me suis présentée à la porte du magasin et je l'ai trouvée fermée. J'ai attendu, croyant que M. Lorilleux était en retard.

— Il habitait ailleurs ?

— Il habitait avec sa famille rue Mazarine. A neuf heures et demie, je me suis inquiétée.

— Il était mort ?

— Non. J'ai téléphoné à sa femme, qui m'a dit qu'il avait quitté l'appartement à huit heures, comme d'habitude.

— Vous téléphoniez d'où ?

— De la ganterie à côté du magasin. J'ai passé la matinée à attendre. Sa femme est venue me rejoindre. Nous sommes allées ensemble au commissariat de police où, soit dit en passant, on n'a pas pris la chose au tragique. On s'est contenté de demander à sa femme s'il était cardiaque, s'il avait une liaison, etc. On ne l'a jamais revu et on n'a jamais reçu de ses nouvelles. Le fonds de commerce a été cédé à des Polonais et mon mari a insisté pour que je ne reprenne pas le travail.

— C'était combien de temps après votre mariage ?

— Quatre mois.

— Votre mari voyageait déjà dans le Sud-Ouest ?

— Il avait la même tournée qu'à présent.

— Il se trouvait à Paris au moment de la disparition de votre patron ?

— Non. Je ne crois pas.

— La police n'a pas examiné les locaux ?

— Tout était en ordre, exactement comme la veille au soir. Rien n'avait disparu.

— Vous savez ce qu'est devenue Mme Lorilleux ?

— Elle a vécu un temps avec l'argent qu'elle a retiré du fonds de commerce. Ses enfants doivent être grands, maintenant, sans doute mariés. Elle tient une petite mercerie non loin d'ici, rue du Pas-de-la-Mule.

— Vous êtes restée en relations avec elle ?

— Il m'est arrivé d'aller dans son magasin. C'est même comme cela que j'ai su qu'elle était devenue mercière. Au premier abord, je ne l'ai pas reconnue.

— Il y a combien de temps de cela ?

— Je ne sais pas. Environ six mois.

— A-t-elle le téléphone ?

— Je l'ignore. Pourquoi ?

— Quel genre d'homme était Lorilleux ?

— Vous voulez dire physiquement ?

— Physiquement d'abord.

— Il était grand, plus grand que vous, et encore plus large. C'était un gros, mais un gros mou, vous voyez ce que je veux dire, pas très soigné de sa personne.

— Quel âge ?

— La cinquantaine. Je ne sais pas au juste. Il portait une petite moustache poivre et sel et ses vêtements étaient toujours trop larges.

— Vous étiez au courant de ses habitudes ?

— Il venait au magasin à pied, chaque matin, et arrivait à peu près un quart d'heure avant moi, de sorte qu'il avait fini de dépouiller le courrier lorsque j'entrais. Il ne parlait pas beaucoup. C'était plutôt un triste. Il passait la plus grande partie de ses journées dans le petit bureau du fond.

— Pas d'aventures féminines ?

— Pas que je sache.

— Il ne vous faisait pas la cour ?

Elle laissa tomber sèchement :

— Non !

— Il tenait beaucoup à vous ?

— Je crois que je lui étais une aide précieuse.

— Votre mari l'a rencontré ?

— Ils ne se sont jamais parlé. Jean venait parfois m'attendre à la sortie du magasin, mais il se tenait à une certaine distance. C'est tout ce que vous voulez savoir ?

Il y avait de l'impatience, peut-être une pointe de colère dans sa voix.

— Je vous ferai remarquer, madame Martin, que c'est vous qui êtes venue me chercher.

— Parce que cette vieille folle a sauté sur l'occasion de vous voir de plus près et m'a entraînée presque de force.

— Vous n'aimez pas Mlle Doncœur ?

— Je n'aime pas les gens qui se mêlent de ce qui ne les regarde pas.

— C'est son cas ?

— Nous avons recueilli l'enfant de mon beau-frère, vous le savez. Vous me croirez si vous voulez, je fais tout ce que je peux pour elle, je la traite comme je traiterais ma fille...

Une intuition encore, quelque chose de vague, d'inconsistant : Maigret avait beau regarder la femme qui lui faisait face et qui avait allumé une nouvelle cigarette, il ne parvenait pas à la voir en maman.

— Or, sous prétexte de m'aider, elle est sans cesse fourrée chez moi. Si je sors pour quelques minutes, je la trouve dans le corridor, la mine sucrée, qui me dit :

» – Vous n'allez pas laisser Colette toute seule, madame Martin ? Laissez-moi donc aller lui tenir compagnie.

» Je me demande si, quand je ne suis pas là, elle ne s'amuse pas à fouiller mes tiroirs.

— Vous la supportez, cependant.

— Parce qu'il le faut bien. C'est Colette qui la réclame, surtout depuis qu'elle est au lit. Mon mari l'aime bien aussi parce que, lorsqu'il était encore célibataire, il a eu une pleurésie, et c'est elle qui est venue le soigner.

— Vous avez reporté la poupée que vous avez achetée pour le Noël de Colette ?

Elle fronça les sourcils, regarda la porte de communication.

— Je vois que vous l'avez questionnée. Non, je ne l'ai pas reportée, pour la bonne raison qu'elle vient d'un grand magasin et que les grands magasins sont fermés aujourd'hui. Vous voulez la voir ?

Elle disait cela avec défi et, contrairement à son attente, il la laissa faire, examina la boîte en carton sur laquelle le prix était resté, un prix très bas.

— Puis-je vous demander où vous êtes allée ce matin ?

— Faire mon marché.

— Rue du Chemin-Vert ? Rue Amelot ?

— Rue du Chemin-Vert et rue Amelot.

— Sans indiscrétion, qu'avez-vous acheté ?

Rageuse, elle pénétra dans la cuisine et saisit le sac à provisions qu'elle jeta presque sur la table de la salle à manger,

— Voyez vous-même.

Il y avait trois boîtes de sardines, du jambon, du beurre, des pommes de terre et une laitue.

Elle le regardait durement, fixement, mais sans trembler, avec plus de méchanceté que d'angoisse.

— Vous avez d'autres questions à me poser ?

— Je voudrais savoir le nom de votre agent d'assurances ?

Elle ne comprit pas tout de suite, c'était visible. Elle chercha dans sa mémoire.

— Mon agent...

— D'assurances, oui. Celui qui est venu vous voir.

— Pardon ! J'avais oublié. C'est parce que vous avez parlé de mon agent, comme si j'étais réellement en affaires avec lui. C'est encore Colette qui vous a raconté ça. Il est venu quelqu'un, en effet, par deux fois, de ces gens qui frappent à toutes les portes et dont on a toutes les peines du monde à se débarrasser. J'ai cru d'abord qu'il vendait des aspirateurs électriques. Il s'agissait d'assurances sur la vie.

— Il est resté longtemps chez vous ?

— Le temps pour moi de le mettre dehors, de lui faire comprendre que je n'avais aucune envie de signer une police sur ma tête ou sur celle de mon mari.

— Quelle compagnie représentait-il ?

— Il me l'a dit, mais je l'ai oublié. Un nom où il y a le mot « Mutuel »...

— Il est revenu à la charge ?

— C'est exact.

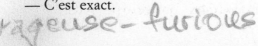
rageuse- furious

— A quelle heure Colette est-elle censée s'endormir ?

— J'éteins la lumière à sept heures et demie, mais il lui arrive de se raconter des histoires à mi-voix pendant un bon moment.

— La seconde fois, l'agent d'assurances est donc venu vous voir après sept heures et demie du soir ?

Elle avait déjà senti le piège.

— C'est possible. J'étais en effet en train de laver la vaisselle.

— Vous l'avez laissé entrer ?

— Il avait le pied dans l'entrebâillement de la porte.

— Il s'est adressé à d'autres locataires de la maison ?

— Je n'en sais rien. Je suppose que vous allez vous renseigner. Parce qu'une petite fille a vu ou cru voir le Père Noël, il y a une demi-heure que vous me questionnez comme si j'avais commis un crime. Si mon mari était ici…

— Au fait, votre mari est-il assuré sur la vie ?

— Je crois. Certainement.

Et, comme il se dirigeait vers la porte, après avoir pris son chapeau posé sur une chaise, elle s'exclama, surprise :

— C'est tout ?

— C'est tout. Au cas où votre beau-frère viendrait vous voir, ainsi qu'il semble l'avoir promis à sa fille, je vous serais reconnaissant de me faire avertir ou de me l'envoyer. A présent, j'aimerais dire quelques mots à Mlle Doncœur.

Celle-ci le suivit dans le corridor, puis le dépassa pour ouvrir la porte de son logement, qui sentait le couvent.

— Entrez, monsieur le commissaire. J'espère qu'il n'y a pas trop de désordre.

On ne voyait pas de chat, pas de petit chien, pas de napperons sur les meubles ni de bibelots sur la cheminée.

— Il y a longtemps que vous vivez dans la maison, mademoiselle Doncœur ?

— Vingt-cinq ans, monsieur le commissaire. J'en suis une des plus anciennes locataires et je me souviens que, quand je me suis installée ici, vous habitiez déjà en face et que vous portiez de longues moustaches.

— Qui a occupé le logement voisin avant que Martin s'y installe ?

— Un ingénieur des Ponts et Chaussées. Je ne me rappelle plus son nom, mais je pourrais le retrouver. Il vivait avec sa femme et sa fille, qui était sourde-muette. C'était bien triste. Ils ont quitté Paris pour s'installer à la campagne, dans le Poitou, si je ne me trompe. Le vieux monsieur doit être mort à l'heure qu'il est, car il avait déjà l'âge de la retraite.

— Vous est-il arrivé, ces derniers temps, d'être ennuyée par un agent d'assurances ?

— Ces temps-ci, non. Le dernier qui a sonné à ma porte, c'était il y a au moins deux ans.

— Vous n'aimez pas Mme Martin ?

— Pourquoi ?

— Je vous demande si vous aimez ou n'aimez pas Mme Martin ?

— C'est-à-dire que, si j'avais un fils…

— Continuez !

— Si j'avais un fils, je ne serais pas contente de l'avoir pour belle-fille. Surtout que M. Martin est tellement doux, tellement gentil !

— Vous croyez qu'il n'est pas heureux avec elle ?

— Je ne dis pas ça. Je n'ai rien à lui reprocher en particulier. Elle a son genre, n'est-ce pas, et c'est son droit.

— Quel genre ?

— Je ne sais pas. Vous l'avez vue. Vous vous y connaissez mieux que moi. Elle n'est pas tout à fait comme une femme. Tenez ! Je parierais qu'elle n'a jamais pleuré de sa vie. Elle élève la petite convenablement, proprement, c'est vrai. Mais elle ne lui dira jamais un mot tendre et, quand j'essaie de lui raconter des contes de fées, je sens que ça l'impatiente. Je suis sûre qu'elle lui a dit que le Père Noël n'existe pas. Heureusement que Colette ne la croit pas.

— Elle ne l'aime pas non plus ?

— Elle lui obéit, s'efforce de lui faire plaisir. Je pense qu'elle est aussi heureuse quand on la laisse seule.

— Mme Martin sort beaucoup ?

— Pas beaucoup. On n'a pas de reproches à lui faire. Je ne sais comment dire. On sent qu'elle mène sa vie à elle, vous comprenez ? Elle ne s'occupe pas des autres. Elle ne parle jamais d'elle-même non plus. Elle est correcte, toujours correcte, trop correcte. Elle aurait dû passer sa vie dans un bureau, à faire des chiffres ou à surveiller les employés.

— C'est l'opinion des autres locataires ?

— Elle fait si peu partie de la maison ! C'est tout juste si elle dit vaguement bonjour aux gens quand elle les croise dans l'escalier. En somme, si on la connaît un peu, c'est depuis Colette, parce qu'on s'intéresse toujours davantage à un enfant.

— Il vous est arrivé de rencontrer son beau-frère ?

— Dans le corridor. Je ne lui ai jamais parlé. Il passe en baissant la tête, comme honteux, et, malgré la peine qu'il doit prendre de brosser ses vêtements avant de venir, on a toujours l'impression qu'il a dormi tout habillé. Je ne crois pas que ce soit lui, monsieur Maigret. Ce n'est pas l'homme à faire ça. Ou alors il aurait fallu qu'il soit bien ivre.

Maigret s'arrêta encore chez la concierge, où il faisait tellement sombre qu'il fallait garder la lampe allumée toute la journée, et il était près de midi quand il traversa le boulevard, tandis que tous les rideaux bougeaient aux fenêtres de la maison qu'il quittait. A sa fenêtre aussi, le rideau bougeait. C'était Mme Maigret, qui le guettait pour savoir si elle pouvait mettre son poulet au feu. Il lui adressa, d'en bas, un petit signe de la main, et faillit bien tirer la langue pour attraper un de ces glaçons minuscules qui flottaient dans l'air et dont il se rappelait encore le goût fade.

fade - flat, tasteless

3

— Je me demande si cette gamine-là est heureuse, soupira Mme Maigret en se levant de table pour aller chercher le café dans la cuisine.

Elle vit bien qu'il ne l'écoutait pas. Il avait repoussé sa chaise et bourrait sa pipe en regardant le poêle qui ronronnait doucement, avec des petites flammes régulières qui léchaient les micas.

Elle ajouta pour sa satisfaction personnelle :

— Je ne crois pas qu'elle puisse l'être avec cette femme-là.

Il lui sourit vaguement, comme quand il ne savait pas ce qu'elle avait dit, et se replongea dans la contemplation de la salamandre. Il y avait au moins dix poêles semblables dans la maison, avec le même ronron, dix salles à manger qui avaient la même odeur de dimanche, et sans doute en allait-il ainsi dans la maison d'en face. Chaque alvéole contenait sa vie paresseuse, en sourdine, avec du vin sur la table, des gâteaux, le carafon de liqueur qu'on allait prendre dans le buffet, et toutes les fenêtres laissaient entrer la lumière grise et dure d'un jour sans soleil.

C'était peut-être ce qui, à son insu, le déroutait depuis le matin. Neuf fois sur dix, une enquête, une vraie, le plongeait d'une heure à l'autre dans un milieu neuf, le mettait aux prises avec des gens d'un monde qu'il ne connaissait pas ou qu'il connaissait peu, et il avait tout à apprendre jusqu'aux moindres habitudes et aux tics d'une classe sociale qui ne lui était pas familière.

Dans cette affaire, qui n'en était pas une, puisqu'il n'était officiellement chargé de rien, c'était tout différent. Pour la première fois, un événement se passait dans un monde proche du sien, dans une maison qui aurait pu être sa maison.

Les Martin auraient pu habiter sur son palier au lieu d'habiter en face, et c'est sans doute Mme Maigret qui serait allée garder Colette pendant les absences de sa tante. Il y avait, à l'étage au-dessus, une vieille demoiselle qui, en plus gras, en plus pâle, était presque le portrait de Mlle Doncœur. Les cadres des photographies du père et de la mère Martin étaient exactement les mêmes que ceux des parents de Maigret, et les agrandissements avaient probablement été faits par la même agence.

Était-ce cela qui le gênait ? Il lui semblait qu'il manquait de recul, qu'il ne voyait pas les gens et les choses avec un œil assez frais, assez neuf.

Il avait raconté ses démarches du matin à sa femme pendant le repas – un bon petit repas de fête qui le laissait alourdi – et elle n'avait cessé de regarder les fenêtres d'en face d'un air gêné.

— La concierge est sûre que personne n'a pu venir du dehors ?

52

— Elle n'en est plus si sûre. Elle a reçu des amis jusqu'à minuit et demi. Après, elle s'est couchée, et il y a eu quantité d'allées et venues, comme toutes les nuits de réveillon.

— Tu crois qu'il se passera encore quelque chose ?

C'est ce petit mot-là qui continuait à le tarabuster. Il y avait d'abord le fait que Mme Martin n'était pas venue le trouver spontanément, mais la main forcée par Mlle Doncœur.

Si elle s'était levée plus tôt, si elle avait été la première à découvrir la poupée et à entendre l'histoire du Père Noël, n'aurait-elle pas gardé le silence et ordonné à la fillette de se taire ?

Elle avait ensuite profité de la première occasion pour sortir, bien qu'il y eût suffisamment de provisions dans la maison pour la journée. Distraite, elle avait même acheté du beurre, alors qu'il en restait une livre dans le garde-manger.

Il se leva à son tour et alla s'asseoir dans son fauteuil, près de la fenêtre, décrocha le téléphone, appela le quai des Orfèvres.

— Lucas ?

— J'ai fait ce que vous m'avez demandé, patron, et j'ai la liste de tous les prisonniers qui ont été relaxés depuis quatre mois. Ils sont moins nombreux qu'on pourrait le penser. Je n'en vois aucun qui ait, à un moment quelconque, habité le boulevard Richard-Lenoir.

Cela n'avait plus d'importance. Maigret avait presque abandonné cette hypothèse-là. Ce n'était d'ailleurs qu'une idée en l'air. Quelqu'un, habitant l'appartement d'en face, aurait pu y cacher le produit d'un vol ou d'un crime avant de se faire prendre.

Remis en liberté, son premier soin aurait été tout naturellement de rentrer en possession du magot. Or, à cause de l'accident de Colette, qui la tenait immobilisée dans son lit, la chambre n'était vide à aucune heure du jour ou de la nuit.

Jouer le Père Noël pour s'y introduire à peu près sans danger n'aurait pas été si bête.

Mais, dans ce cas, Mme Martin n'aurait pas hésité à venir le trouver. Elle ne serait pas sortie ensuite sous un mauvais prétexte.

— Vous voulez que j'étudie chaque cas séparément ?

— Non. Tu as des nouvelles de Paul Martin ?

— Cela n'a pas été long. Il est connu dans quatre ou cinq commissariats au moins, entre la Bastille, l'Hôtel de Ville et le boulevard Saint-Michel.

— Tu sais ce qu'il a fait cette nuit ?

— D'abord, il est allé manger à bord de la péniche de l'Armée du Salut. Il s'y rend chaque semaine, à son jour, comme les habitués, et, ces soirs-là, il est sobre. On leur a servi un petit souper de gala. Il fallait faire la queue assez longtemps.

— Ensuite ?

— Vers onze heures du soir, il a gagné le quartier Latin et a ouvert les portières devant une boîte de nuit. Il a dû recueillir assez d'argent pour aller boire car, à quatre heures du matin, on l'a ramassé, ivre mort, à cent mètres de la place Maubert. On l'a emmené au poste. Il y était toujours ce matin à onze heures. Il venait d'en sortir quand j'ai obtenu le renseignement et on m'a promis de me l'amener dès qu'on mettra la main sur lui. Il lui restait quelques francs en poche.

— Bergerac ?

— Jean Martin prend le premier train de l'après-midi. Il s'est montré fort surpris et fort inquiet du coup de téléphone qu'il a reçu ce matin.

— Il n'en a reçu qu'un ?

— Ce matin, oui. Mais on l'avait appelé hier soir, au moment où il dînait à la table d'hôte.

— Tu sais qui l'a appelé ?

— La caissière de l'hôtel, qui a pris la communication, affirme que c'est une voix d'homme. On a demandé si M. Jean Martin était là. Elle a envoyé une fille de salle le chercher et, quand il est arrivé, il n'y avait plus personne au bout du fil. Cela lui a gâché sa soirée. Ils étaient quelques-uns, tous voyageurs de commerce, qui avaient organisé une partie dans je ne sais quelle boîte de la ville. On m'a laissé entendre qu'il y avait de jolies filles avec eux. Martin, après avoir bu quelques verres, pour faire comme les autres, a, paraît-il, tout le temps parlé de sa femme et de sa fille, car il parle de la gamine comme de sa fille. Il n'en est pas moins resté dehors jusqu'à trois heures du matin avec ses amis. C'est tout ce que vous voulez savoir, patron ?

Lucas ne put s'empêcher d'ajouter, intrigué :

— Il y a eu un crime dans votre quartier ? Vous êtes toujours chez vous ?

— Jusqu'à présent, ce n'est qu'une histoire de Père Noël et de poupée.

— Ah !

— Un moment. Je voudrais que tu essaies de te procurer l'adresse du directeur des montres Zénith, avenue de l'Opéra. Même un jour de fête, cela doit se trouver, et il y a des chances pour qu'il soit chez lui. Tu me rappelles ?

— Dès que j'aurai le renseignement.

Sa femme venait de lui servir un verre de prunelle d'Alsace dont sa sœur lui envoyait de temps en temps une bouteille ; il lui sourit et fut un moment tenté de ne plus penser à cette histoire saugrenue, de proposer d'aller tout tranquillement passer l'après-midi au cinéma.

— De quelle couleur sont ses yeux ?

Il dut faire un effort pour comprendre qu'il s'agissait de la petite fille, qu'elle seule, dans l'affaire, intéressait Mme Maigret.

— Ma foi, j'aurais de la peine à le dire. Ils ne sont sûrement pas bruns. Elle a les cheveux blonds.

— Alors, ils sont bleus.

— Peut-être. Très clairs, en tout cas. Et particulièrement calmes.

— Parce qu'elle ne regarde pas les choses comme une enfant. Est-ce qu'elle a ri ?

— Elle n'a pas eu l'occasion de rire.

— Une vraie enfant trouve toujours l'occasion de rire. Il suffit qu'elle se sente en confiance, qu'on lui laisse des pensées de son âge. Je n'aime pas cette femme !

— Tu préfères Mlle Doncœur ?

— Elle a beau être une vieille fille, je suis sûre qu'elle sait mieux s'y prendre avec la petite que cette Mme Martin. Je l'ai rencontrée dans les magasins. Elle est de ces femmes qui surveillent les pesées et tirent l'argent pièce à pièce du fond de leur porte-monnaie,

saugrenue - preposterous

avec un regard soupçonneux, comme si tout le monde essayait de les tromper.

La sonnerie du téléphone l'interrompit, mais elle trouva le temps de répéter :

— Je n'aime pas cette femme.

C'était Lucas, qui donnait l'adresse de M. Arthur Godefroy, représentant général en France des montres Zénith. Il habitait une grosse villa à Saint-Cloud et Lucas s'était assuré qu'il était chez lui.

— Paul Martin est ici, patron.

— On te l'a amené ?

— Oui. Il se demande pourquoi. Attendez que je ferme la porte. Bon ! Maintenant, il ne peut plus m'entendre. Il a d'abord cru qu'il était arrivé quelque chose à sa fille et il s'est mis à pleurer. Maintenant, il est calme, résigné, avec une terrible gueule de bois. Qu'est-ce que j'en fais ? Je vous l'envoie ?

— Tu as quelqu'un pour l'accompagner chez moi ?

— Torrence vient d'arriver et ne demandera pas mieux que de prendre l'air, car je crois qu'il a réveillonné dur, lui aussi. Vous n'avez plus besoin de moi ?

— Si. Mets-toi en rapport avec le commissariat du Palais-Royal. Voilà cinq ans environ, un certain Lorilleux, qui tenait une boutique de bijouterie et de vieilles monnaies, a disparu sans laisser de traces. J'aimerais avoir tous les détails possibles sur cette histoire.

Il sourit en voyant sa femme qui s'était mise à tricoter en face de lui. Cette enquête se déroulait décidément sous le signe le plus familial qui fût.

— Je vous rappelle ?

— Je ne compte pas bouger d'ici.

Cinq minutes plus tard, il tenait au bout du fil M. Godefroy, qui avait un accent suisse très prononcé. Quand on lui parla de Jean Martin, il crut d'abord, pour qu'on le dérange un jour de Noël, qu'il était arrivé un accident à son voyageur, et il se répandit en chaleureux éloges à son sujet.

— C'est un garçon tellement dévoué et capable que je compte, l'an prochain, c'est-à-dire dans deux semaines, le garder avec moi à Paris en qualité de sous-directeur. Vous le connaissez ? Vous avez une raison grave pour vous occuper de lui ?

Il fit taire des enfants derrière lui.

— Excusez-moi. Toute la famille est réunie et...

— Dites-moi, monsieur Godefroy, avez-vous connaissance que quelqu'un, récemment, dans les derniers jours, se soit adressé à votre bureau pour s'informer de l'endroit où M. Martin se trouve actuellement ?

— Certainement.

— Voulez-vous me donner quelques précisions ?

— Hier matin, quelqu'un a appelé le bureau et a demandé à me parler personnellement. J'étais très occupé, à cause des fêtes. On a dû dire un nom, mais je l'ai oublié. On voulait savoir où on pouvait toucher Jean Martin pour une communication urgente et je n'ai vu aucune raison de ne pas répondre qu'il était à Bergerac, probablement à l'Hôtel de Bordeaux.

— On ne vous a rien demandé d'autre ?

— Non. On a raccroché tout de suite.

— Je vous remercie.

— Vous êtes sûr qu'il n'y a rien de mauvais dans cette histoire ?

éloge — praise

Les enfants devaient s'agripper à lui et Maigret en profita pour prendre hâtivement congé.

— Tu as entendu ?

— J'ai entendu ce que tu as dit, bien sûr, mais pas ce qu'il a répondu.

— Hier matin, un homme a téléphoné au bureau pour savoir où était Jean Martin. Le même homme, sans doute, a téléphoné le soir à Bergerac pour s'assurer que celui-ci y était toujours, qu'il ne pourrait donc pas se trouver boulevard Richard-Lenoir la nuit de Noël.

— Et c'est cet homme-là qui est entré dans la maison ?

— Plus que probablement. Cela prouve, tout au moins, qu'il ne s'agit pas de Paul Martin, qui n'aurait pas eu besoin de ces deux coups de téléphone. Il pouvait, sans en avoir l'air, se renseigner auprès de sa belle-sœur.

— Tu commences à t'exciter. Avoue que tu es enchanté que cette histoire soit arrivée.

Et, comme il cherchait à s'excuser :

— C'est naturel, va ! Je m'y intéresse aussi. Pour combien de temps crois-tu que la petite en a encore à garder la jambe dans le plâtre ?

— Je n'ai pas posé la question.

— Je me demande quelle complication il a pu y avoir.

Elle venait à nouveau, sans s'en douter, de lancer l'esprit de Maigret sur une nouvelle voie.

— Ce n'est pas si bête, ce que tu as dit.

— Qu'est-ce que j'ai dit ?

— En somme, puisqu'elle est au lit depuis deux mois, il y a des chances, à moins de complications vraiment graves, pour qu'elle n'en ait plus pour long-temps.

— Il faudra probablement, au début, qu'elle marche avec des béquilles.

— Ce n'est pas la question. Dans quelques jours donc, ou dans quelques semaines au plus tard, la petite sortira de sa chambre. Il lui arrivera de se pro-mener avec Mme Martin. Le terrain sera libre et il sera facile à n'importe qui de pénétrer dans l'appartement sans se déguiser en Père Noël.

Les lèvres de Mme Maigret remuaient, parce que, tout en écoutant et en regardant paisiblement son mari, elle comptait ses points de tricot.

— Premièrement, c'est la présence de Colette dans la chambre qui a obligé l'homme à recourir à un stratagème. Or elle est au lit depuis deux mois. Il y a peut-être près de deux mois qu'il attend. Sans la com-plication qui a retardé la convalescence, les lames de parquet auraient pu être soulevées il y a environ trois semaines.

— Où veux-tu en venir ?

— A rien. Ou plutôt je me dis que l'homme ne pou-vait plus attendre, qu'il avait des raisons impérieuses d'agir sans retard.

— Dans quelques jours, Martin sera de retour de sa tournée.

— C'est exact.

— Qu'est-ce qu'on a pu trouver sous le parquet ?

— A-t-on vraiment trouvé quelque chose ? Si le visiteur n'a rien trouvé, le problème, pour lui, reste aussi urgent qu'il l'était hier. Il agira donc à nouveau.

— Comment ?

— Je n'en sais rien.

— Dis donc, Maigret, tu n'as pas peur pour la petite ? Tu crois qu'elle est en sécurité avec cette femme-là ?

— Je le saurais si je savais où Mme Martin est allée ce matin sous prétexte de faire son marché.

Il avait décroché le téléphone, appelé la P.J. une fois de plus.

— C'est encore moi, Lucas. Je voudrais, cette fois, que tu t'occupes des taxis. J'aimerais savoir si, ce matin, entre neuf heures et dix heures du matin, un taxi a chargé une cliente dans les environs du boulevard Richard-Lenoir, et où il l'a conduite. Attends ! Oui. J'y pense. Elle est blonde, paraît un peu plus de la trentaine, plutôt mince, mais solide. Elle portait un tailleur gris et un petit chapeau beige. Elle avait un sac à provisions à la main. Il ne devait pas y avoir tant de voitures ce matin dans les rues.

— Martin est chez vous ?

— Pas encore.

— Il ne va pas tarder à arriver. Quant à l'autre, Lorilleux, les gens du quartier du Palais-Royal sont en train de fouiller les archives. Vous aurez le renseignement dans un moment.

C'était l'heure où Jean Martin prenait son train, à Bergerac. Sans doute la petite Colette faisait-elle la sieste ? On devinait la silhouette de Mlle Doncœur derrière ses rideaux et probablement se demandait-elle à quoi Maigret s'occupait.

Des gens commençaient à sortir des maisons, des familles surtout avec des enfants qui traînaient leurs jouets neufs sur les trottoirs. On faisait certainement la queue à la porte des cinémas. Un taxi s'arrêtait. Puis on entendait des pas dans l'escalier. Mme Maigret allait ouvrir avant qu'on ait eu le temps de sonner. La grosse voix de Torrence :

— Vous êtes là, patron ?

Et il introduisait dans la pièce un homme sans âge qui se tenait humblement contre le mur en baissant le regard.

Maigret alla chercher deux verres dans le buffet, les remplit de prunelle.

— A votre santé, dit-il.

Et la main tremblante de l'homme hésitait, il levait des yeux étonnés, inquiets.

— A votre santé aussi, monsieur Martin. Je vous demande pardon de vous avoir fait venir jusqu'ici, mais vous serez plus près pour aller voir votre fille.

— Il ne lui est rien arrivé ?

— Mais non. Je l'ai vue ce matin et elle jouait gentiment avec sa nouvelle poupée. Tu peux aller, Torrence. Lucas doit avoir du travail pour toi.

Mme Maigret s'était éclipsée en emportant son tricot et s'était installée dans la chambre, au bord du lit, toujours à compter ses points.

— Asseyez-vous, monsieur Martin.

L'homme n'avait fait que tremper les lèvres dans son verre et l'avait posé sur la table, mais de temps en temps il y jetait un regard anxieux.

— Ne vous inquiétez surtout pas, et dites-vous que je connais votre histoire.

s'éclipser - slip away

62 cadet - younger

— Je voulais aller la voir ce matin, soupira l'homme. Je m'étais juré de me coucher et de me lever de bonne heure pour venir lui souhaiter le Noël.

— Je sais cela aussi.

— Cela se passe toujours de la même façon. Je jure que je ne prendrai qu'un verre, juste de quoi me remonter...

— Vous n'avez qu'un frère, monsieur Martin ?

— Jean, oui, qui est de six ans mon cadet. Avec ma femme et ma fille, c'est tout ce que j'aimais au monde.

— Vous n'aimez pas votre belle-sœur ?

Il tressaillit, surpris, gêné.

— Je n'ai pas de mal à dire de Loraine.

— Vous lui avez confié votre enfant, n'est-ce pas ?

— C'est-à-dire que, quand ma femme est morte et que j'ai commencé à perdre pied...

— Je comprends. Votre fille est heureuse ?

— Je crois, oui. Elle ne se plaint jamais.

— Vous n'avez pas essayé de remonter le courant ?

— Chaque soir, je me promets d'en finir avec cette vie-là, et le lendemain ça recommence. Je suis même allé voir un docteur et il m'a donné des conseils.

— Vous les avez suivis ?

— Pendant quelques jours. Lorsque je suis allé le retrouver, il était très pressé. Il m'a dit qu'il n'avait pas le temps de s'occuper de moi, que je ferais mieux d'entrer dans une clinique spécialisée...

Il tendit la main vers son verre, hésita, et, pour lui permettre de boire, Maigret avala une rasade.

— Il ne vous est jamais arrivé de rencontrer d'homme chez votre belle-sœur ?

63

— Non. Je ne pense pas qu'il y ait rien à lui reprocher de ce côté-là.

— Vous savez où votre frère l'a rencontrée ?

— Dans un petit restaurant de la rue de Beaujolais où il prenait ses repas quand il était à Paris entre deux tournées. C'était tout près de son bureau et près du magasin où Loraine travaillait.

— Ils ont été longtemps fiancés ?

— Je ne sais pas au juste. Jean est parti pour deux mois et, quand il est revenu, m'a annoncé qu'il se mariait.

— Vous avez été le témoin de votre frère ?

— Oui. Quant à Loraine, c'est la patronne du meublé où elle vivait alors qui lui a servi de témoin. Elle n'a aucune famille à Paris. Elle était déjà orpheline à cette époque. Il y a quelque chose de mal… ?

— Je ne sais pas encore. Un homme s'est introduit, cette nuit, sous un déguisement de Père Noël, dans la chambre de Colette.

— Il ne lui a rien fait ?

— Il lui a donné une poupée. Quand elle a ouvert les yeux, il était en train de soulever deux lames du parquet.

— Vous croyez que je suis assez convenable pour aller la voir ?

— Vous irez dans un moment. Si le cœur vous en dit, vous pouvez vous raser ici, vous donner un coup de brosse. Est-ce que votre frère est homme à cacher quoi que ce soit sous un plancher ?

— Lui ? Jamais de la vie.

— Même s'il avait quelque chose à cacher à sa femme ?

— Il ne lui cache rien. Vous ne le connaissez pas. Quand il revient, il lui rend des comptes comme à un patron et elle sait exactement combien il a d'argent de poche.

— Elle est jalouse ?

L'homme ne répondit pas.

— Vous feriez mieux de me dire ce que vous pensez. Voyez-vous, il s'agit de votre fille.

— Je ne crois pas que Loraine soit tellement jalouse, mais elle est intéressée. Du moins, ma femme le pré- tendait-elle. Ma femme ne l'aimait pas.

— Pourquoi ?

— Elle disait qu'elle avait les lèvres trop minces, qu'elle était trop froide, trop polie, qu'elle se tenait toujours sur la défensive. D'après elle, elle s'est jetée à la tête de Jean à cause de sa situation, de ses meubles, de son avenir.

— Elle était pauvre ?

— Elle ne parle jamais de sa famille. Nous avons su néanmoins que son père était mort quand elle était très jeune et que sa mère faisait des ménages.

— A Paris ?

— Quelque part dans le quartier de la Glacière. C'est pourquoi elle ne parle jamais de ce quartier-là. Comme disait ma femme, c'est une personne qui sait ce qu'elle veut.

— Était-elle, selon vous, la maîtresse de son ancien patron

Maigret lui servait un doigt d'alcool et l'homme le regardait avec reconnaissance, hésitait pourtant, sans doute à cause de sa visite à sa fille et de son haleine.

— Je vais vous préparer une tasse de café. Votre femme devait avoir son idée là-dessus aussi, n'est-ce pas ?

— Comment le savez-vous ? Remarquez qu'elle ne disait jamais de mal des gens. Mais, pour Loraine, c'était presque une question physique. Quand nous devions rencontrer ma belle-sœur, je suppliais ma femme de ne pas laisser voir sa méfiance ou son antipathie. C'est drôle que je vous parle de tout ça, au point où j'en suis. Peut-être ai-je fait mal de lui laisser Colette ? Je me le reproche parfois. Mais qu'est-ce que je pourrais faire d'autre ?

— Vous ne m'avez pas répondu au sujet de l'ancien patron de Loraine.

— Oui. Ma femme prétendait qu'ils avaient l'air d'un faux ménage et que c'était pratique pour Loraine d'épouser un homme qui était la plupart du temps en voyage.

— Vous savez où elle habitait avant son mariage ?

— Une rue qui donne sur le boulevard Sébastopol, la première à droite quand on va de la rue de Rivoli vers les boulevards. Je m'en souviens parce que c'est là que nous sommes allés la chercher en voiture le jour des noces.

— Rue Pernelle ?

— C'est cela. La quatrième ou cinquième maison à gauche est un hôtel meublé qui paraît tranquille, convenable, et où habitent surtout des gens qui travaillent dans le quartier. Je me rappelle qu'il y avait entre autres des petites actrices du Châtelet.

— Vous voulez vous raser, monsieur Martin ?

— J'ai honte. Et pourtant, maintenant que je suis en face de chez ma fille…

— Venez avec moi.

Il le fit passer par la cuisine pour éviter la chambre où se tenait Mme Maigret, lui donna tout ce dont il avait besoin, y compris une brosse à habits.

Quand il rentra dans la salle à manger, Mme Maigret entrouvrit la porte, chuchota :

— Qu'est-ce qu'il fait ?

— Il se rase.

Une fois de plus, il décrocha le téléphone. Toujours le brave Lucas, à qui il donnait du travail pour sa journée de Noël.

— Tu es indispensable au bureau ?

— Pas si Torrence reste ici. J'ai les renseignements que vous m'avez demandés.

— Dans un instant. Tu vas filer rue Pernelle, où tu trouveras un petit hôtel meublé qui doit encore exister. Il me semble que j'ai déjà vu ça, dans les premières maisons vers le boulevard Sébastopol. Je ne sais pas si les propriétaires ont changé depuis cinq ans. Peut-être dénicheras-tu quelqu'un qui y travaillait à cette époque. Je voudrais avoir tous les renseignements possibles sur une certaine Loraine…

— Loraine quoi ?

— Un instant. Je n'y avais pas pensé.

A travers la porte de la salle de bains, il alla demander à Martin le nom de jeune fille de sa belle-sœur.

— Boitel ! lui cria-t-il.

— Lucas ? Il s'agit de Loraine Boitel. La patronne du meublé a été témoin à son mariage avec Martin. Loraine Boitel travaillait à cette époque pour Lorilleux.

— Celui du Palais-Royal ?

— Oui. Je me demande s'ils avaient d'autres relations et s'il venait parfois la voir à l'hôtel. C'est tout. Fais vite. C'est peut-être plus urgent que nous ne pensons. Qu'est-ce que tu avais à me dire ?

— L'affaire Lorilleux. C'était un drôle de type. On a fait une enquête, lors de sa disparition. Rue Mazarine, où il habitait avec sa famille, il passait pour un commerçant paisible qui élevait parfaitement ses trois enfants. Au Palais-Royal, dans sa boutique, il se passait des choses curieuses. Il ne vendait pas seulement des souvenirs de Paris et des monnaies anciennes, mais des livres et des gravures obscènes.

— C'est une spécialité de l'endroit.

— Oui. On n'est même pas trop sûr qu'il ne se passait rien d'autre. Il a été question d'un large divan recouvert de reps rouge qui se trouvait dans le bureau du fond. Faute de preuves, on n'a pas insisté, d'autant plus qu'on ne tenait pas à embêter la clientèle, composée en grande partie de gens plus ou moins importants.

— Loraine Boitel ?

— On n'en parle guère dans le rapport. Elle était déjà mariée au moment de la disparition de Lorilleux. Elle a attendu toute la matinée à la porte du magasin. Il ne semble pas qu'elle l'ait vu la veille au soir après la fermeture. J'étais en train de téléphoner à ce sujet quand Langlois, de la brigade financière, est entré dans mon bureau. Il a tressailli au nom de Lorilleux, m'a dit que cela lui rappelait quelque chose et est allé jeter un coup d'œil dans ses dossiers. Vous m'écoutez ? Ce n'est rien de précis. Seulement le fait que Lorilleux avait été signalé, vers cette époque, comme franchis-

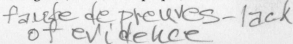
faute de preuves — lack of evidence

68

sant fréquemment la frontière suisse. Or c'était au moment où le trafic de l'or battait son plein. On l'a tenu à l'œil. Il a été fouillé deux ou trois fois à la frontière, mais sans qu'on puisse rien découvrir.

— File rue Pernelle, mon vieux Lucas. Je crois plus que jamais que c'est urgent.

Paul Martin, les joues blanches, rasées de près, se tenait dans l'encadrement de la porte.

— Je suis confus. Je ne sais comment vous remercier.

— Vous allez rendre visite à votre fille, n'est-ce pas ? Je ne sais pas combien de temps vous restez d'habitude auprès d'elle, ni comment vous allez vous y prendre. Ce que je désirerais, c'est que vous ne la quittiez pas jusqu'à ce que j'aille vous retrouver.

— Je ne peux pourtant pas y passer la nuit ?

— Passez-y la nuit s'il le faut. Arrangez-vous.

— Il y a du danger ?

— Je n'en sais rien, mais votre place est près de Colette.

L'homme but sa tasse de café noir avec avidité et se dirigea vers l'escalier. La porte était refermée quand Mme Maigret pénétra dans la salle à manger.

— Il ne peut pas aller voir sa fille les mains vides un jour de Noël.

— Mais…

Maigret était sur le point de répondre, sans doute, qu'il n'y avait pas de poupée dans la maison, quand elle lui tendit un petit objet brillant, un dé en or, qu'elle avait depuis des années dans sa boîte à couture et qui ne lui servait pas.

— Donne-lui ça. Cela fait toujours plaisir à une petite fille. Dépêche-toi…

Il cria, du haut de l'escalier :

— Monsieur Martin !… Monsieur Martin !… Un instant, s'il vous plaît !

Il lui poussa le dé dans la main.

— Surtout, ne lui dites pas d'où il vient.

Sur le seuil de la salle à manger, il resta debout, bougon, puis poussa un soupir.

— Quand tu auras fini de me faire jouer les pères Noël !

— Je parie que cela lui plaira autant que la poupée. Parce que c'est un objet de grande personne, tu comprends ?

On vit l'homme traverser le boulevard, s'arrêter un moment devant la maison, se tourner vers les fenêtres de Maigret comme pour un encouragement.

— Tu crois qu'il guérira ?

— J'en doute.

— S'il arrivait quelque chose à cette femme, à Mme Martin…

— Eh bien ?

— Rien. Je pense à la petite. Je me demande ce qu'elle deviendrait.

Dix minutes s'écoulèrent pour le moins. Maigret avait déployé un journal. Sa femme avait repris sa place en face de lui et tricotait en comptant ses points quand il murmura en lâchant une bouffée de fumée :

— Tu ne l'as même jamais vue !

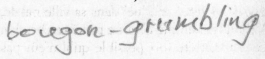
bougon - grumbling

4

Plus tard, dans le tiroir où Mme Maigret fourrait les moindres papiers qui traînaient, Maigret devait retrouver une vieille enveloppe au dos de laquelle, machinalement, au cours de cette journée, il avait résumé les événements. Ce n'est qu'alors que quelque chose le frappa dans cette enquête menée presque de bout en bout de son logement et qu'il devait souvent, par la suite, citer en exemple.

Contrairement à ce qui se passe si souvent, il n'y eut aucun hasard à proprement parler, aucun véritable coup de théâtre. Cette sorte de chance-là ne joua pas, mais la chance n'en intervint pas moins, et même de façon constante, en ce sens que chaque renseignement vint à son heure, par les moyens les plus simples, les plus naturels.

Il arrive que des douzaines d'inspecteurs travaillent jour et nuit pour recueillir une information de second ordre. Par exemple, M. Arthur Godefroy, le représentant des montres Zénith en France, aurait fort bien pu aller passer les fêtes de Noël dans sa ville natale, Zurich. Il aurait pu simplement ne pas être chez lui. Ou encore il aurait été fort possible qu'il n'eût pas, connaissance du coup de téléphone donné la veille à son bureau au sujet de Jean Martin.

Quand Lucas arriva, un peu après quatre heures, la peau tendue et le nez rouge, la même chose avait joué en sa faveur.

Un brouillard épais, jaunâtre, venait de tomber tout à coup sur Paris, ce qui est assez rare, et dans toutes les maisons les lampes étaient allumées ; les fenêtres, d'un côté à l'autre du boulevard, avaient l'air de fanaux lointains ; les détails de la vie réelle étaient effacés à tel point qu'on s'attendait, comme au bord de la mer, à entendre mugir la sirène de brume.

Pour une raison ou pour une autre – probablement à cause d'un souvenir d'enfance – cela faisait plaisir à Maigret, comme cela lui faisait plaisir de voir Lucas entrer chez lui, retirer son pardessus, s'asseoir et tendre au feu ses mains glacées.

Lucas était presque sa réplique, avec une tête en moins, des épaules moitié moins larges et un visage qu'il avait peine à rendre sévère. Sans forfanterie, peut-être sans s'en rendre compte, par mimétisme, par admiration, il en était arrivé à copier son patron dans ses moindres gestes, dans ses attitudes, dans ses expressions, et cela frappait davantage ici qu'au bureau. Même sa façon de humer le verre de prunelle avant d'y tremper les lèvres…

La tenancière du meublé de la rue Pernelle était morte deux ans plus tôt, dans un accident de métro, ce qui aurait pu compliquer l'enquête. Le personnel de ces sortes d'établissements change souvent et il y avait peu d'espoir de trouver dans la maison quelqu'un ayant connu Loraine cinq ans plus tôt.

fanaux - beacons   forfanterie:
mugir - low/roar   boastfullness
humer - smell

La chance était avec eux. Lucas avait trouvé, comme tenancier actuel, l'ancien gardien de nuit, et le hasard voulait qu'il ait eu des démêlés, jadis, avec la police, pour des histoires de mœurs.

— Cela devenait facile de le faire parler, disait Lucas en allumant une pipe trop grosse pour lui. J'ai été surpris qu'il ait eu les moyens de racheter le fonds d'un jour à l'autre, mais il a fini par m'expliquer qu'il servait d'homme de paille pour un homme en vue qui place son argent dans ces sortes d'affaires, mais ne tient pas à y être en nom.

— Quel genre de boîte ?

— Correcte en apparence. Assez propre. Un bureau à l'entresol. Des chambres louées au mois, quelques-unes à la semaine. Et aussi, au premier, des chambres qu'on loue à l'heure.

— Il se souvient de la jeune femme ?

— Fort bien, car elle a vécu plus de trois ans dans la maison. J'ai fini par comprendre qu'il ne l'aimait pas parce qu'elle était terriblement radin.

— Elle recevait Lorilleux ?

— Avant de me rendre rue Pernelle, je suis passé au commissariat du Palais-Royal pour y prendre une photographie de lui qui figurait au dossier. Je l'ai montrée au tenancier. Il l'a tout de suite reconnu.

— Lorilleux allait souvent la voir ?

— En moyenne deux ou trois fois par mois, toujours avec des bagages. Il arrivait vers une heure et demie du matin et repartait à six heures. Je me suis d'abord demandé ce que cela pouvait signifier. J'ai vérifié l'indicateur des chemins de fer. Cela coïncidait avec les voyages qu'il faisait en Suisse. Il prenait,

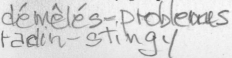
démêlés – problèmes
radin – stingy

pour revenir, le train qui arrive au milieu de la nuit et laissait croire à sa femme qu'il avait pris celui de six heures du matin.

— Rien d'autre ?

— Rien, sinon que la Loraine était chiche de pourboires et que, malgré l'interdiction, elle cuisinait le soir dans sa chambre sur un réchaud à alcool.

— Pas d'autres hommes ?

— Non. A part Lorilleux, une vie régulière. Quand elle s'est mariée, elle a demandé à la patronne d'être son témoin.

Maigret avait dû insister pour obliger sa femme à rester dans la pièce où elle ne faisait aucun bruit, où elle avait l'air de vouloir se faire oublier.

Torrence était dehors, dans le brouillard, à courir les dépôts de taxis. Les deux hommes attendaient sans fièvre, chacun au creux d'un fauteuil, dans des poses identiques, un verre d'alcool à portée de la main, et Maigret commençait à s'engourdir.

Or il en fut pour les taxis comme il en avait été pour le reste. Parfois, on tombe tout de suite sur le taxi que l'on cherche ; d'autres fois on est plusieurs jours sans aucune indication, surtout quand il ne s'agit pas d'une voiture appartenant à une compagnie. Certains chauffeurs n'ont pas d'heures régulières, maraudent au petit bonheur, et il n'est pas fatal qu'ils lisent dans le journal les avis de la police.

Or, avant cinq heures, Torrence téléphonait de Saint-Ouen.

— J'ai trouvé un des taxis, annonça-t-il.

— Pourquoi *un* ? Il y en a eu plusieurs ?

— J'ai tout lieu de le supposer. Il a chargé la jeune dame ce matin au coin du boulevard Richard-Lenoir et du boulevard Voltaire et l'a conduite rue de Maubeuge, à hauteur de la gare du Nord. Elle ne l'a pas gardé.

— Elle est entrée dans la gare ?

— Non. Elle s'est arrêtée devant une maison d'articles de voyage qui reste ouverte dimanches et fêtes, et le chauffeur ne s'en est plus occupé.

— Où est-il maintenant ?

— Ici. Il vient de rentrer.

— Veux-tu me l'envoyer ? Qu'il prenne sa voiture ou qu'il en prenne une autre, mais qu'il vienne le plus tôt possible. Quant à toi, il te reste à trouver le chauffeur qui l'a ramenée.

— Compris, patron. Le temps d'avaler un café arrosé, car il fait bougrement froid.

Maigret jeta un coup d'œil de l'autre côté de la rue et aperçut une ombre à la fenêtre de Mlle Doncœur.

— Essaye de me trouver, dans l'annuaire des téléphones, un marchand d'articles de voyage, en face de la gare du Nord.

Lucas n'en eut que pour quelques instants et Maigret téléphona.

— Allô ! Ici, Police Judiciaire. Vous avez eu une cliente, ce matin, un peu avant dix heures, qui a dû vous acheter quelque chose, probablement une valise ; une jeune femme blonde, en tailleur gris, tenant un sac à provisions à la main. Vous vous en souvenez ?

Peut-être le fait que cela se passait un jour de Noël rendait-il les choses faciles ? La circulation était moins active, le commerce à peine existant. En outre, les gens ont tendance à se souvenir avec plus de netteté des événements qui se déroulent un jour différent des autres.

— C'est moi-même qui l'ai servie. Elle m'a expliqué qu'elle devait partir précipitamment pour Cambrai, pour aller voir sa sœur malade, et qu'elle n'avait pas le temps de passer chez elle. Elle voulait une valise bon marché, en fibre, comme nous en avons des piles des deux côtés de la porte. Elle a choisi le modèle moyen, a payé et est entrée dans le bar d'à côté. Je me trouvais sur mon seuil, un peu plus tard, quand je l'ai vue se diriger vers la gare, la valise à la main.

— Vous êtes seul dans votre magasin ?

— J'ai un commis avec moi.

— Pouvez-vous vous absenter pendant une demi-heure ? Sautez donc dans un taxi et venez me voir à l'adresse que voici.

— Je suppose que vous paierez la course ? Je dois garder le taxi ?

— Gardez-le, oui.

D'après les notes sur l'enveloppe, c'est à cinq heures cinquante que le chauffeur du premier taxi arriva, un peu surpris, alors qu'il s'agissait de la police, d'être reçu dans une maison particulière. Mais il reconnut Maigret et regarda curieusement autour de lui, intéressé visiblement par le cadre dans lequel vivait le fameux commissaire.

— Vous allez vous rendre dans la maison qui est juste en face et vous monterez au troisième. Si la concierge vous arrête au passage, dites que vous allez voir Mme Martin.

— Mme Martin, compris.

— Vous sonnerez à la porte qui est au fond du couloir. Si c'est une dame blonde qui vous ouvre et si vous la reconnaissez, vous inventerez un prétexte quelconque. Dites-lui que vous vous êtes trompé d'étage, ou n'importe quoi. Si c'est une autre personne, demandez à parler personnellement à Mme Martin.

— Ensuite ?

— Rien. Vous revenez ici et vous me confirmez que c'est bien la personne que vous avez conduite ce matin rue de Maubeuge.

— Entendu, commissaire.

Quand la porte se referma, Maigret avait malgré lui un petit sourire aux lèvres.

— Au premier, elle commencera à s'inquiéter. Au deuxième, si tout va bien, elle sera prise de panique. Au troisième, pour autant que Torrence mette la main sur lui...

Allons ! Il n'y avait pas le moindre grain de sable dans l'engrenage. Torrence appelait :

— Je crois que j'ai trouvé, patron. J'ai déniché un chauffeur qui a chargé une jeune personne répondant à la description à la gare du Nord, mais il ne l'a pas reconduite boulevard Richard-Lenoir. Elle s'est fait déposer au coin du boulevard Beaumarchais et de la rue du Chemin-Vert.

— Expédie-le-moi.

— C'est qu'il a quelques petits verres dans le nez.

— Aucune importance. Où es-tu ?

— Au dépôt Barbès.

— Cela ne te fera pas un trop grand détour de passer par la gare du Nord. Tu te présenteras à la consigne. Malheureusement, ce ne sera plus le même

engrenage — gears

77

employé que ce matin. Vois s'il y a en dépôt une petite valise neuve, en fibre, qui ne doit pas être lourde, et qui a été déposée entre neuf heures et demie et dix heures du matin. Note le numéro. On ne te la laissera pas emporter sans mandat. Mais demande le nom et l'adresse de l'employé qui était de service ce matin.

— Qu'est-ce que je fais ensuite ?

— Tu me téléphones. J'attends ton second chauffeur. S'il a bu, écris-lui mon adresse sur un bout de papier afin qu'il ne se perde pas en route.

Mme Maigret avait gagné sa cuisine, où elle était en train de préparer le dîner, sans avoir osé demander si Lucas mangerait avec eux.

Est-ce que Paul Martin était toujours en face avec sa fille ? Est-ce que Mme Martin avait essayé de se débarrasser de lui ?

Quand on sonna à la porte, il n'y avait pas un homme, mais deux, sur le palier, qui ne se connaissaient pas et qui se regardaient avec étonnement.

Le premier chauffeur, revenant déjà de la maison d'en face, s'était trouvé dans l'escalier de Maigret avec le marchand de valises.

— Vous l'avez reconnue ?

— Non seulement je l'ai reconnue, mais elle m'a reconnu, elle aussi. Elle est devenue pâle. Elle a couru fermer une porte qui donne sur une chambre et m'a demandé ce que je lui voulais.

— Qu'est-ce que vous avez répondu ?

— Que je m'étais trompé d'étage. J'ai compris qu'elle hésitait à m'acheter et j'ai préféré ne pas lui en laisser le temps. D'en bas, je l'ai aperçue à sa fenêtre. Elle sait probablement que je suis entré ici.

Le marchand d'articles de voyage n'y comprenait rien. C'était un homme d'un certain âge, complètement chauve, aux manières mielleuses. Le chauffeur parti, Maigret lui expliqua ce qu'il avait à faire et il émit des objections, répétant avec obstination :

— C'est une cliente, vous comprenez ? Il est très délicat de trahir une cliente.

Il finit par se décider, mais, par précaution, Maigret envoya Lucas sur ses talons, car il aurait pu changer d'avis en route. Moins de dix minutes plus tard, ils étaient de retour.

— Je vous ferai remarquer que je n'ai agi que sur vos ordres, contraint et forcé.

— Vous l'avez reconnue ?

— Est-ce que je serai appelé à témoigner sous serment ?

— C'est plus que probable.

— Cela fera du tort à mon commerce. Les gens qui achètent des bagages au dernier moment sont parfois des gens qui préfèrent qu'on ne parle pas de leurs allées et venues.

— Peut-être se contentera-t-on, le cas échéant, de votre déposition devant le juge d'instruction.

— Eh ! c'est bien elle. Elle n'est plus habillée de la même façon, mais je l'ai reconnue.

— Elle vous a reconnu aussi ?

— Elle m'a tout de suite demandé qui m'envoyait.

— Qu'avez-vous répondu ?

— Je ne sais plus. J'étais très gêné. Que je m'étais trompé de porte…

— Elle ne vous a rien offert ?

— Que voulez-vous dire ? Elle ne m'a même pas proposé de m'asseoir. Cela aurait été encore plus désagréable.

Alors que le chauffeur n'avait rien demandé, celui-ci, qui était probablement prospère, insista pour recevoir une compensation pour le temps qu'il avait perdu.

— Reste à attendre le troisième, mon vieux Lucas.

Mme Maigret, elle, commençait à s'énerver. Elle adressa à son mari, du seuil, des signes qu'elle voulait discrets pour lui demander de la suivre dans la cuisine et là elle chuchota :

— Tu es sûr que le père est toujours en face ?

— Pourquoi ?

— Je ne sais pas. Je ne comprends pas exactement ce que tu mijotes. Je pense à la petite et j'ai un peu peur...

Il y avait longtemps que la nuit était tombée. Des familles étaient rentrées chez elles. Peu de fenêtres restaient obscures dans la maison d'en face et on distinguait toujours l'ombre de Mlle Doncœur à la sienne.

Maigret, qui était encore sans col ni cravate, acheva de s'habiller, en attendant le second chauffeur. Il cria à Lucas :

— Sers-toi. Tu n'as pas faim ?

— Je suis bourré de sandwiches, patron. Je n'ai qu'une envie, quand nous sortirons : un verre de bière tirée au tonneau.

Le second chauffeur arriva à six heures vingt. A six heures trente-cinq, il revenait, l'œil égrillard, de l'autre maison.

— Elle est encore mieux en négligé qu'en tailleur, dit-il d'une voix pâteuse. Elle m'a forcé à entrer et m'a demandé qui m'envoyait. Comme je ne savais que lui répondre, je lui ai dit que c'était le directeur des Folies-Bergère. Elle a été furieuse. C'est un beau morceau de femme quand même. Je ne sais pas si vous avez vu ses jambes...

Il fut difficile de s'en débarrasser et on n'y arriva qu'après lui avoir servi un verre de prunelle, car il lorgnait la bouteille avec une évidente convoitise.

— Qu'est-ce que vous comptez faire, patron ?

Rarement Lucas avait vu Maigret prendre autant de précautions, préparer son coup avec autant de soin, comme s'il s'attaquait à très forte partie. Or il ne s'agissait que d'une femme, d'une petite bourgeoise en apparence insignifiante.

— Vous croyez qu'elle se défendra encore ?

— Férocement. Et, qui plus est, froidement.

— Qu'est-ce que vous attendez ?

— Le coup de téléphone de Torrence.

On le reçut à son heure. C'était comme une partition bien minutée.

— La valise est ici. Elle doit être à peu près vide. Comme prévu, ils ne veulent pas me la donner sans mandat. Quant à l'employé qui était de garde ce matin, il habite la banlieue, du côté de La Varenne-Saint-Hilaire.

On aurait pu penser que, cette fois, il y avait une anicroche, un retard, en tout cas. Or Torrence continuait :

— Seulement, ce n'est pas la peine d'aller là-bas. Après sa journée, en effet, il joue du piston dans un bal musette de la rue de Lappe.

— Va me le chercher.

— Je l'amène chez vous ?

Peut-être, après tout, Maigret avait-il envie d'un verre de bière fraîche, lui aussi.

— Non, dans la maison d'en face, au troisième étage, chez Mme Martin. J'y serai.

Cette fois, il alla décrocher son gros pardessus, bourra une pipe, dit à Lucas :

— Tu viens ?

Mme Maigret courut après lui pour lui demander à quelle heure il rentrerait dîner et il hésita, finit par sourire.

— Comme d'habitude ! répondit-il, ce qui n'était pas rassurant.

— Veille bien sur la petite.

A dix heures du soir, ils n'avaient encore obtenu aucun résultat tangible. Personne ne devait dormir dans la maison, sauf Colette, qui avait fini par s'assoupir et au chevet de laquelle son père continuait à veiller dans l'obscurité.

A sept heures et demie, Torrence était arrivé en compagnie de l'employé de la consigne, musicien à ses moments perdus, et l'homme, sans hésiter plus que les autres, avait déclaré :

— C'est bien elle. Je la vois encore glisser le reçu, non pas dans un sac à main, mais dans son sac à provisions, en grosse toile brune.

On alla lui chercher le sac dans la cuisine.

— C'est bien le même. En tout cas, c'est le même modèle et la même couleur.

Il faisait très chaud dans l'appartement. On parlait à mi-voix, comme si on s'était donné le mot, à cause de la petite qui dormait à côté. Personne n'avait mangé, n'avait pensé à le faire. Avant de monter, Maigret et Lucas étaient allés boire chacun deux demis dans un petit café du boulevard Voltaire.

au chevet de - at the b/s ot, in suppot

Quant à Torrence, après la visite du musicien, Maigret l'avait entraîné dans le corridor et lui avait donné à voix basse ses instructions.

Il semblait qu'il n'existât plus un seul coin ou recoin de l'appartement qui n'eût été fouillé. Même les cadres des parents de Martin avaient été décrochés, pour s'assurer que le reçu de la consigne n'avait pas été glissé sous le carton. La vaisselle, tirée de l'armoire, s'empilait sur la table de la cuisine et il n'y avait pas jusqu'au garde-manger qui n'eût été vidé.

Mme Martin était toujours en peignoir bleu pâle, comme les deux hommes l'avaient trouvée. Elle fumait cigarette sur cigarette et, avec la fumée des pipes, cela formait un épais nuage qui s'étirait autour des lampes.

— Libre à vous de ne rien dire, de ne répondre à aucune question. Votre mari arrivera à onze heures dix-sept et peut-être serez-vous plus loquace en sa présence.

— Il ne sait rien de plus que moi.

— En sait-il autant que vous ?

— Il n'y a rien à savoir. Je vous ai tout dit.

Or elle s'était contentée de nier sur toute la ligne. Sur un seul point, elle avait cédé. Quand on lui avait parlé du meublé de la rue Pernelle, elle avait admis que son ancien patron lui avait rendu visite deux ou trois fois, par hasard, au cours de la nuit. Elle n'en soutenait pas moins qu'il n'y avait jamais eu de rapports intimes entre eux.

— Autrement dit, c'étaient des visites d'affaires, à une heure du matin ?

— Il débarquait du train et avait souvent de grosses sommes avec lui. Je vous ai déjà dit qu'il lui arrivait de se livrer au trafic de l'or. Je n'y suis pour rien. Vous ne pouvez pas me poursuivre de ce fait.

— Avait-il une grosse somme en sa possession quand il a disparu ?

— Je l'ignore. Il ne me mettait pas toujours au courant de ces sortes d'affaires.

— Pourtant, il allait vous en parler la nuit dans votre chambre ?

Pour ses allées et venues de la matinée, elle niait encore, contre toute évidence, prétendait ne jamais avoir vu les personnages qu'on lui avait envoyés, les deux chauffeurs, le marchand de valises et l'employé de la consigne.

— Si je suis vraiment allée déposer un colis à la gare du Nord, vous devez retrouver le reçu.

Il était à peu près certain qu'on ne le trouverait pas dans la maison, pas même dans la chambre de Colette que Maigret avait fouillée avant que la gamine s'endormît. Il avait même pensé au plâtre qui emprisonnait la jambe de l'enfant, mais qui n'avait pas été refait récemment.

— Demain, annonçait-elle durement, je déposerai une plainte. Il s'agit d'un coup monté de toutes pièces par la méchanceté d'une voisine. J'avais raison de m'en méfier, ce matin, quand elle a voulu à toutes forces m'entraîner chez vous.

Elle jetait souvent un regard anxieux au réveille-matin sur la cheminée et pensait évidemment au retour de son mari, mais, malgré son impatience, aucune question ne la prenait en défaut.

— Avouez que l'homme qui est venu la nuit dernière n'a rien trouvé sous le plancher parce que vous aviez changé de cachette.

— Je ne sais même pas s'il y a jamais eu quelque chose sous le plancher.

— Quand vous avez appris qu'il était venu, qu'il était décidé à rentrer en possession de ce que vous cachez, vous avez pensé à la consigne, où votre trésor serait en sûreté.

— Je ne suis pas allée à la gare du Nord et il existe des milliers de femmes blondes, à Paris, qui répondent à ma description.

— Qu'avez-vous fait du reçu ? Il n'est pas ici. Je suis persuadé qu'il n'est pas caché dans l'appartement, mais je crois savoir où nous le retrouverons.

— Vous êtes très malin.

— Asseyez-vous devant cette table.

Il lui tendit une feuille de papier, un stylo.

— Écrivez !

— Que voulez-vous que j'écrive ?

— Votre nom et votre adresse.

Elle le fit, non sans avoir hésité.

— Cette nuit, toutes les lettres mises à la boîte dans le quartier seront examinées et je parie qu'il y en aura une sur laquelle on reconnaîtra votre écriture. Il est probable que vous vous l'êtes adressée à vous-même.

Il chargea Lucas d'aller téléphoner à un inspecteur afin que des recherches soient faites dans ce sens. En réalité, il ne croyait pas qu'on obtiendrait un résultat, mais le coup avait porté.

— C'est classique, voyez-vous, mon petit !

C'était la première fois qu'il l'appelait ainsi, comme il l'aurait fait quai des Orfèvres, et elle lui lança un coup d'œil furieux.

— Avouez que vous me détestez !

— J'avoue que je n'ai pas pour vous une sympathie très vive.

Ils étaient seuls, maintenant, dans la salle à manger, autour de laquelle Maigret tournait à pas lents tandis qu'elle restait assise devant la table.

— Et, si cela vous intéresse, j'ajouterai que, ce qui me choque le plus, ce n'est pas tant ce que vous avez pu faire que votre sang-froid. Il m'en est passé beaucoup entre les mains, des hommes et des femmes. Voilà trois heures que nous sommes face à face et l'on peut dire que, depuis ce matin, vous vous sentez comme au bout d'un fil. Vous n'avez pas encore bronché. Votre mari va rentrer et vous allez essayer de vous poser en victime. Or vous savez que, fatalement, tôt ou tard, nous apprendrons la vérité.

— A quoi cela vous avancera-t-il ? Je n'ai rien fait.

— Alors, pourquoi cacher quelque chose ? Pourquoi mentir ?

Elle ne répondit pas, mais elle réfléchissait. Ce n'étaient pas ses nerfs qui cédaient, comme dans la plupart des cas. C'était son esprit qui travaillait à chercher une porte de sortie, à peser le pour et le contre.

— Je ne dirai rien, déclara-t-elle enfin en allant s'asseoir dans un fauteuil et en baissant son peignoir sur ses jambes nues.

— Comme il vous plaira.

Il se cala confortablement dans un autre fauteuil en face d'elle.

n'avoir pas bronché- didn't batange

87

— Vous comptez rester longtemps chez moi ?

— En tout cas jusqu'au retour de votre mari.

— Vous lui parlerez des visites de M. Lorilleux à l'hôtel ?

— Si c'est indispensable.

— Vous êtes un goujat ! Jean ne sait rien, n'est pour rien dans cette histoire.

— Il est malheureusement votre mari.

Quand Lucas remonta, il les trouva face à face, silencieux l'un et l'autre, à se lancer des regards en dessous.

— Janvier s'occupe de la lettre, patron. J'ai rencontré Torrence en bas, qui m'a dit que l'homme était chez le marchand de vins, deux maisons plus loin que chez vous.

Elle se leva d'une détente.

— Quel homme ?

Et Maigret sans bouger :

— Celui qui est venu la nuit dernière. Je suppose que vous vous attendiez à ce que, n'ayant rien trouvé, il revienne vous voir. Peut-être, cette fois, sera-t-il dans d'autres dispositions d'esprit ?

Elle regarda l'heure avec effroi. Il ne restait plus que vingt minutes pour que le train de Bergerac arrive en gare. Si son mari prenait un taxi, il ne fallait pas compter, en tout, sur plus de quarante minutes de délai.

— Vous savez qui c'est ?

— Je m'en doute. Il me suffira de descendre pour m'en assurer. C'est évidemment Lorilleux, qui est très anxieux de rentrer en possession de son bien.

— Ce n'est pas son bien.

goujat - boor

— Mettons de ce qu'il considère, à tort ou à raison, comme son bien. Il doit être à la côte, cet homme. Il est venu vous voir par deux fois sans obtenir ce qu'il désirait. Il est revenu déguisé en Père Noël et va revenir à nouveau. Il sera fort surpris de vous trouver en notre compagnie et je suis persuadé qu'il se montrera plus loquace que vous. Les hommes, contrairement à ce que l'on pense, parlent plus facilement que les femmes. Croyez-vous qu'il soit armé ?

— Je n'en sais rien.

— A mon avis, il l'est. Il en a assez d'attendre. Je ne sais pas ce que vous lui avez raconté, mais il finit par la trouver mauvaise. Il a d'ailleurs une sale tête, ce monsieur. Rien de plus féroce que ces mous-là quand ils s'y mettent.

— Taisez-vous !

— Voulez-vous que nous nous retirions pour vous laisser le recevoir ?

Sur les notes de Maigret, on lit :

« 10 heures 38 – Elle parle. »

Mais il n'y eut pas de procès-verbal de ce premier récit. Ce furent des phrases hachées, lancées méchamment, et souvent Maigret, qui prenait la parole à sa place, affirmait, peut-être au petit bonheur, cependant qu'elle ne démentait pas ou se contentait de le corriger.

— Qu'est-ce que vous voulez savoir ?

— C'est de l'argent qu'il y a dans la valise placée en consigne ?

— Des billets de banque. Un peu moins d'un million.

— A qui cette somme appartenait-elle ? A Lorilleux ?

89

— Pas plus à Lorilleux qu'à moi.

— A un de ses clients ?

— Un certain Julien Boissy, qui venait souvent au magasin.

— Qu'est-il devenu ?

— Il est mort.

— Comment ?

— Il a été tué.

— Par qui ?

— Par M. Lorilleux.

— Pourquoi ?

— Parce que je lui avais laissé croire que, s'il disposait d'une forte somme, je partirais avec lui.

— Vous étiez déjà mariée ?

— Oui.

— Vous n'aimez pas votre mari ?

— Je déteste la médiocrité. J'ai été pauvre toute ma vie. Toute ma vie, je n'ai entendu parler que d'argent, de la nécessité des privations. Toute ma vie, j'ai vu compter autour de moi et j'ai dû compter.

Elle s'en prenait à Maigret, comme si celui-ci était responsable de ses misères.

— Vous auriez suivi Lorilleux ?

— Je ne sais pas. Peut-être pendant un certain temps.

— Le temps de lui prendre son argent ?

— Je vous hais !

— Comment le meurtre a-t-il été commis ?

— M. Boissy était un habitué du magasin.

— Amateur de livres érotiques ?

— C'était un vicieux, comme les autres, comme M. Lorilleux, comme vous probablement. Il était veuf et vivait seul dans une chambre d'hôtel, mais il était très riche, très avare aussi. Tous les riches sont avares.

— Pourtant, vous n'êtes pas riche.

— Je le serais devenue.

— Si Lorilleux n'avait pas reparu. Comment Boissy est-il mort ?

— Il avait peur des dévaluations et voulait de l'or, comme tout le monde à cette époque-là. M. Lorilleux en faisait le trafic, allait régulièrement en chercher en Suisse. Il se faisait payer d'avance. Une après-midi, M. Boissy a apporté la forte somme au magasin. Je n'y étais pas. J'étais allée faire une course.

— Exprès ?

— Non.

— Vous ne vous doutiez pas de ce qui allait se passer ?

— Non. N'essayez pas de me faire dire ça. Vous perdriez votre temps. Seulement, quand je suis rentrée, M. Lorilleux était en train d'emballer le corps dans une grande caisse qu'il avait achetée tout exprès.

— Vous l'avez fait chanter ?

— Non.

— Comment expliquez-vous qu'il ait disparu après vous avoir remis l'argent ?

— Parce que je lui ai fait peur.

— En le menaçant de le dénoncer ?

— Non. Je lui ai simplement dit que des voisins m'avaient regardée d'un drôle d'œil et qu'il était peut-être plus prudent de mettre l'argent en sûreté pour quelque temps. Je lui ai parlé d'une lame du parquet, dans mon logement, qu'il était facile de soulever et de remettre en place. Il pensait que ce n'était que pour quelques jours. Le surlendemain, il m'a proposé de franchir la frontière belge avec lui.

— Vous avez refusé ?

— Je lui ai fait croire qu'un homme, qui me faisait l'effet d'un inspecteur de police, m'avait arrêtée dans la rue et m'avait posé des questions. Il a pris peur. Je lui ai remis une petite partie de l'argent en lui promettant d'aller le rejoindre à Bruxelles, dès qu'il n'y aurait plus de danger.

— Qu'a-t-il fait du corps de Boissy ?

— Il l'a transporté dans une petite maison qu'il possédait à la campagne, au bord de la Marne, et là, je suppose qu'il l'a enterré ou jeté dans la rivière. Il s'est servi d'un taxi. Personne n'a jamais parlé ensuite de Boissy. Personne ne s'est inquiété de sa disparition.

— Vous êtes parvenue à envoyer Lorilleux seul en Belgique ?

— Cela a été facile.

— Et, pendant cinq ans, vous avez pu le tenir éloigné ?

— Je lui écrivais, à la poste restante, qu'il était recherché, que, si on n'en disait rien dans les journaux, c'est parce qu'on lui tendait un piège. Je lui racontais que j'étais tout le temps interrogée par la police. Je l'ai même envoyé en Amérique du Sud...

— Il est revenu il y a deux mois ?

— A peu près. Il était à bout.

— Vous ne lui avez pas envoyé d'argent ?

— Très peu.

— Pourquoi ?

Elle ne répondit pas, mais regarda l'horloge.

— Vous allez m'emmener ? De quoi m'accuserez-vous ? Je n'ai rien fait. Je n'ai pas tué Boissy. Je n'étais pas là quand il est mort. Je n'ai pas aidé à cacher le corps.

— Ne vous inquiétez pas de votre sort. Vous avez gardé l'argent parce que, toute votre vie, vous avez eu envie d'en posséder, non pas pour le dépenser, mais pour vous sentir riche, à l'abri du besoin.

— Cela me regarde.

— Quand Lorilleux est venu vous demander de l'aider, ou de tenir votre promesse de fuir avec lui, vous avez profité de l'accident de Colette pour prétendre que vous ne pouviez accéder à la cachette. Est-ce vrai ? Vous avez tenté de lui faire à nouveau passer la frontière.

— Il est resté à Paris, en se cachant.

Ses lèvres se retroussèrent en un drôle de sourire, involontaire, et elle ne put s'empêcher de murmurer :

— L'imbécile ! Il aurait pu dire son nom à tout le monde sans être inquiété !

— Il n'en a pas moins pensé au coup du Père Noël.

— Seulement, l'argent n'était plus sous le plancher. Il était ici, sous son nez, dans ma boîte à ouvrage. Il lui aurait suffi d'en soulever le couvercle.

— Dans dix ou quinze minutes, votre mari sera ici, Lorilleux est en face qui le sait probablement, car il s'est renseigné ; il n'ignore pas que Martin était à Bergerac et il a dû consulter l'horaire des trains. Sans doute est-il occupé à se donner du courage. Je serais fort étonné qu'il ne soit pas armé. Vous désirez les attendre tous les deux ?

— Emmenez-moi. Le temps de passer une robe...

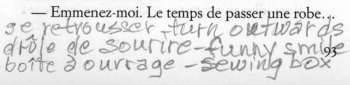
se retrousser — turn outwards
drôle de sourire — funny smile
boîte à ouvrage — sewing box

93

— Le reçu de la consigne ?

— A la poste restante du boulevard Beaumarchais.

Elle avait pénétré dans la chambre à coucher dont elle n'avait pas refermé la porte et, sans la moindre pudeur, elle retirait son peignoir, s'asseyait au bord du lit pour enfiler ses bas, cherchait une robe de lainage dans l'armoire.

Au dernier moment, elle saisit un sac de voyage et y fourra pêle-mêle des objets de toilette et du linge.

— Partons vite.

— Votre mari ?

— Je me f... de cet imbécile-là.

— Colette ?

Elle ne répondit pas, haussa les épaules. La porte de Mlle Doncœur bougea quand ils passèrent. En bas, au moment de passer sur le trottoir, elle eut peur et se serra entre les deux hommes, scrutant le brouillard autour d'elle.

— Conduis-la quai des Orfèvres, Lucas. Je reste.

Il n'y avait pas de voiture en vue et on la sentait effrayée à l'idée de marcher dans l'obscurité sous la seule escorte du petit Lucas.

— N'ayez pas peur. Lorilleux n'est pas dans les parages.

— Vous avez menti ! ! !...

Maigret rentra dans la maison.

La conversation avec Jean Martin dura deux longues heures et la plus grande partie se déroula en présence de son frère.

Quand Maigret quitta l'immeuble, vers une heure et demie du matin, il laissait les deux hommes en tête à tête. Il y avait de la lumière sous la porte de Mlle Doncœur, mais elle n'osa pas ouvrir, sans doute par pudeur, se contentant d'écouter les pas du commissaire.

Il traversa le boulevard, entra chez lui, trouva sa femme endormie dans le fauteuil, devant la table de la salle à manger où son couvert était mis. Elle sursauta.

— Tu es seul ?

Et, comme il la regardait avec un étonnement amusé :

— Tu n'as pas ramené la petite ?

— Pas cette nuit. Elle dort. Demain matin, tu pourras aller la chercher, en ayant soin d'être bien gentille avec Mlle Doncœur.

— C'est vrai ?

— Je te ferai envoyer deux infirmières avec un brancard.

— Mais alors… Nous allons… ?

— Chut !… Pas pour toujours, tu comprends ? Il se peut que Jean Martin se console… Il se peut aussi que son frère redevienne un homme normal et ait un jour un nouveau ménage…

— En somme, elle ne sera pas à nous ?

— Pas à nous, non. Seulement prêtée. J'ai pensé que cela valait mieux que rien et que tu serais contente.

— Bien sûr, que je suis contente… Mais… mais…

Elle renifla, chercha un mouchoir, n'en trouva pas et enfouit son visage dans son tablier.

Carmel by the sea (Californie), mai 1950.

Le Livre de Poche s'engage pour
l'environnement en réduisant
l'empreinte carbone de ses livres.
Celle de cet exemplaire est de :

250 g éq. CO$_2$
Rendez-vous sur
www.livredepoche-durable.fr

PAPIER À BASE DE
FIBRES CERTIFIÉES

Composition réalisée par Chesteroc Ltd.

Achevé d'imprimer en octobre 2014 en Espagne par
CPI
Dépôt légal 1re publication : novembre 2007
Édition 05 – octobre 2014
LIBRAIRIE GÉNÉRALE FRANÇAISE – 31, rue de Fleurus – 75278 Paris Cedex 06

31/1670/4